FETZER
UND DIE ORDNUNG DER DINGE

Die Handlung und alle handelnden Personen sind frei erfunden. Ähnlichkeiten mit realen Personen, Handlungen und Schauplätzen sind nicht beabsichtigt und unterliegen dem Zufall.

Impressum:

ISBN: 978-3-902672-34-6

2011 echomedia buchverlag ges.m.b.h.

A-1070 Wien, Schottenfeldgasse 24

Produktion: Ilse Helmreich

Produktionsassistenz: Brigitte Lang

Layout: Elisabeth Waidhofer

Coverillustration: Elisabeth Waidhofer

Lektorat: Roswitha Horak

Herstellungsort: Wien

FETZER
UND DIE ORDNUNG DER DINGE

Susanne Wiegele

echomedia
BUCHVERLAG

Für *lbs,* der mich mehr über mich selbst gelehrt hat, als ich wahrscheinlich wissen wollte.

Und für Maria Victoria Consuelo Wiegele, die sich gewünscht hatte, als Leiche in diesem Krimi vorzukommen, aber das hab ich nicht übers Herz gebracht.

Alles andere aber schon.

Kapitel I

Fetzer seufzte zufrieden.

Diese Elvira war wirklich gut. Nicht zu nachlässig, nicht zu sanft und nicht allzu offensichtlich gelangweilt. Wo findet man heute noch eine Hure, die von ihrem Geschäft was versteht? Selten einmal! Jetzt war ich schon bedenklich oft bei ihr, dachte er. Schön langsam könnte sie mir mit dem Preis entgegenkommen, sonst verlieb ich mich glatt noch! Obwohl: So eine mit diesen Einkünften wäre nicht mal schlecht, 250 pro Kunde, und das sicher zwei-, dreimal pro Tag. Die brauchst nicht ernähren von einem Polizistengehalt, die ernährt sich selbst und dich dazu.

Fetzers Laune sank. Merkbar nur an seinem gespannten Unterkiefer, diesem winzigen Zeichen, nach dem seine Mitarbeiter beständig Ausschau hielten, um sich rechtzeitig in Sicherheit zu bringen.

Viele Dinge konnten seine Laune schlagartig zum Sinken bringen: mangelnde Ordnung zum Beispiel. In den Schlussfolgerungen und in den Berichten und auf den Schreibtischen. Oder mangelnder Respekt.

Dieser Navratil fehlte schon seit Tagen, was ihn dazu

zwingen würde, sich selbst um die Berichte zu kümmern, und die unglaubliche Schlamperei der Spurensicherung und des restlichen beamteten Personals „schönzuschreiben“ hatte er null Lust. Einmal, nur einmal einen Bericht verfassen können, der die Wahrheit enthielte und nichts als die Wahrheit! „Der Täter hatte Helfer, die ihm ein Entkommen ermöglichten: Spitz von der Spurensicherung, der unfähig ist, eine DNA-Probe unverschmutzt zu lassen, Navratil, der zu blöd ist, um die Datenbank richtig zu bedienen, und Lichtblau, die ihr Hirn nach fünf einfach ausschaltet.“

Wütend überquerte Fetzer den Naschmarkt, aber nicht wütend genug, um nicht den Unterschied zu gestern zu bemerken. Beim Özoglu waren heute drei Kisten mit Obst und Gemüse an einem anderen Platz – das störte sowohl den kunstvollen Aufbau als auch die willentlich herbeigeführte Harmonie der Farben. Braune Kiwis waren jetzt neben braunen Erdäpfeln platziert, blassrote Erdbeeren lagen daneben.

Im Weitergehen fischte Fetzer sein Handy aus der Tasche und hieb auf die Tastatur ein. „Lichtblau, du jüdische Missgeburt, lass den Özoglu kontrollieren, schaut unter den Kisten nach, der hat in aller Eile was versteckt. Und, Lichtblau, kontrollierts die Anmeldungen bei der Gebietskrankenkasse zuerst, und dann erst die Verkäufer – wahrscheinlich hat er irgendeinen Mufti illegal beschäftigt. Und, Lichtblau: Heute noch!“

Der ihren Tag hab ich hiermit versaut, dachte er, und das ist gut so.

Als er das Kommissariat erreicht hatte, fiel ihm erst auf, dass er lächelte.

Oprieschnig, eine Ausgeburt der Speichelleckerei und von Natur aus devot und schon deshalb hoher Beamter in der Sicherheitsdirektion, war nicht im Haus. Eine Tatsache, die nicht überprüft werden musste – der diensthabende Portier las ganz ungeniert das ÖKM –, und Fetzer begann den Aufstieg in sein Büro.

Hektisches Rascheln und Sesselrücken teilten ihm mit, dass seine unnötige Ermittlungstruppe sein Erscheinen vorausahnte – oder hatte der Diensthabende einen „warning call" abgesetzt?

Brav, brav, dachte Fetzer – alle Sessel perfekt ausgerichtet, alle Papiere in exaktem Winkel angeordnet, drei Bleistifte der Marke Graf Faber Castell in ebenso exaktem Winkel an der oberen Schmalseite der Akten platziert, der mit der silbernen Kappe zuoberst.

„Geht doch, Lichtblau!", aber Lichtblau ersparte sich heute die traditionelle Replik: „Und Sie lecken mich auch am Arsch, Herr Gruppeninspektor", sondern starrte ihn nur an.

„Der Özoglu ist geständig, er hat einen Ghanesen versteckt und ihn für sich arbeiten lassen – aber er sagt, den hätte er erst gestern gekauft und er kann sich nicht erklären, wie wir so schnell …"

„Lichtblau, Lichtblau, weil du eine minderwertige Rasse bist, kapierst das natürlich nicht. Der Özoglu macht keine Fehler beim Display seiner Ware, er schlichtet seit Jahren exakt nach Farbenlehre und platziert ebenso exakt im Goldenen Schnitt, und wenn er das nicht tut, dann hat er es nicht selbst gemacht und war zu abgelenkt, um den Fehler zu bemerken. Lernst du endlich mal was bei mir oder bist nur schön? Hat der Oaschpriesnig schon unterschrieben?"

„Der Herr Kriminaldirektor war hier und hat die Anmeldebögen für die Fortbildung dagelassen, er meint, Sie sollten …"

„Das Einzige, was ich sollte, Rachel, ist, ihm ein Butterfly zwischen die Rippen stecken und es ganz langsam bis zum Kehlkopf hochziehen. Hau den Dreck weg, aber presto!"

Fetzer versank in dumpfes Brüten. Lange würde er der Fortbildung nicht mehr entgehen, Vorschrift war schließlich Vorschrift – in der Wiener Sicherheitsdirektion war das sowieso ein Dogma, gleich nach der Unfehlbarkeit vom Oprieschnig.

Mechanisch zeichnete er die Akten ab, spitzte alle drei Bleistifte nach, legte sie exakt parallel oben neben den Aktenberg und begann, die gespitzten Halbringe nach Krümmung zu sortieren.

„Lichtblau! Der Spitz und zwei Amöben zu mir!"

Exakt fünf Minuten später traten ein blasser Spitz und zwei ebenso blasse Uniformierte an.

„Spitz, du Volltrottel, noch so eine Schlamperei und ich melde dich. Saufst du jetzt deine Chemikalien oder wieso fehlen in drei Akten deine Berichte? In zwei Minuten hab ich dein Gestammel auf diesem Tisch. Ab mit dir!

Und ihr zwei bewegt eure Ärsche in die Krugerstraße und fragt den Juwelier noch amal genau wegen dem gestrigen Rauberl. Die Liste der angeblich gestohlenen Diamanten liest sich wie von der Amsterdamer Diamantenbörse. Das glaub ich dem nicht. Na was? Sollts schon weg sein!"

Fetzer dachte nach. Irgendwas stimmte nicht.

„Lichtblau, sag, wieso schaun die zwei aus wie Tschuschen?"

„Das waren der Kollege Özdemir und der Kollege Stankic, die sind neu, die sind im Rahmen der Offensive für ein multikulturelles Wien eingestellt worden."

„Was kommt als Nächstes, Lichtblau? Ein Orang-Utan aus Schönbrunn? Aber nein, wir haben ja schon den Oprieschnig.

Mir reicht's, Lichtblau, ich bin in der ‚Alten Münze', wenn mich wer sucht. Habe die Ehre!"

Als Fetzer die „Alte Münze" betrat, stand der Wirt bereits auf einem Sessel, referierte über seine glorreiche

Zeit bei der australischen Armee und beschimpfte gleichzeitig auf Englisch einen Gast, der seine Heldentaten anzweifelte. Wunderbar, dachte Fetzer, der richtige Zeitpunkt und die richtigen Gäste – Informationsüberflutung pur, also Zeit, Techniken zu üben.

Rosi, als Serviertier ebenso untragbar wie als Opernsängerin, brachte ihm unaufgefordert einen kleinen Schwarzen mit drei Stück Zucker, diese waren, durch jahrelange Übung nach heftigen Wutausbrüchen Fetzers, zu einem exakten Dreieck geordnet, zwei Zentimeter rechts vom Henkel der Tasse. Der Löffel links davon, exakt der Seitenlinie des Dreiecks folgend.

Fetzer nahm das Arrangement nickend zur Kenntnis und widmete sich seiner Obsession: dem Studium des Unterschieds.

Der Chauffeur des Generals saß an seinem Platz, besoffen wie immer und depressiv in sein Viertel starrend. Dem Füllstand des Glases nach würde er in exakt zwei Minuten Kleingeld auf den Tisch knallen, überstürzt das Lokal verlassen und nach ebenso exakt messbaren zwanzig Minuten wiederkommen, wieder ein Viertel bestellen und wieder starren. Dies würde sich bis zu viermal wiederholen. Der Mikrokosmos der „Alten Münze" schien also völlig in Ordnung. Hinten saß der Poet, also auch hier keine Änderung der kosmischen Ordnung. Offenbar in einer seiner romantisch-depressiven Phasen, er schien verweint und versuchte, sein Gegenüber mit Worten zu fesseln. Fetzer zählte leise ein. Noch geschätzte vierzig Sekunden und er würde bei dem unbekannten Gegenüber die ersten Anzeichen von gelangweilter Unruhe erkennen können. Jetzt! Geht ja. Die Mikrobewegungen im Kreuz, der Rücken etwas gerundeter, die Augen matter.

Fetzer brauchte sich nicht umzudrehen, um das Erscheinen des hierorts ordinierenden Rosenverkäufers zu bemerken. Ein prüfender Blick aus dem Augenwinkel reichte völlig: 20 Rosen weniger als sonst. Vielleicht auch 25. Da muss ich genauer werden, dachte er, und: interessant! Das heißt, dass eine der durch Geld oder Beachtung und Versorgung käuflichen Nutten, die sich im „Roten Hund“ vor oder hinter der Theke festhielten, Rosen geschenkt bekommen haben musste. Das war eine genauere Untersuchung wert …

Sorgsam baute er ein Türmchen aus dem abgezählten Kleingeld für die Kellnerin und machte sich auf.

Kapitel II

Das Lokal war übervoll, zehn der üblichen Verdächtigen waren bereits anwesend, und, wie ein kurzer Blick lehrte, augenscheinlich schon länger.

Die mit Rosen Beschenkte war leicht zu identifizieren. Sie heulte vernehmlich in ihr Glas. Die Nutten heulen immer in so einem Fall, das liegt an ihren schwammartigen Herzen, die ausschließlich Dreck aufsaugen. Das sollte man mal bei der Fortbildung zum Thema Profiling den Jungen erklären. Suchst a Nuttn, dann achte auf das einzige Weib im Lokal, das Blumen geschenkt bekommen hat und flennt.

Das neue Serviertier hinter der Bar erkannte ihn nicht. Der Blasse hatte offenbar eine neue Favoritin. Wie jeder seiner Angebeteten überließ er ihr bereits das Lokal, ungeachtet ihrer fachlichen Kompetenz. Nein, Fetzer korrigierte sich in Gedanken, gerade wegen ihrer fachlichen Kompetenz, bloß lag diese in einem anderen Bereich.

Die poliert die Gläser schlecht und es fehlt ihr an Aufmerksamkeit für die kleinen Dinge, wettete er mit sich selbst – um zehn Minuten später, noch immer ohne Glas, gegen sich selbst zu gewinnen.

Er strich sie aus seinem Aufmerksamkeitsradius und wandte sich den interessanteren Konstellationen zu.

Wie beim allerersten Mal hatte er beim Eintreten automatisch wieder gedacht: „Toto, I've a feeling we're not in Kansas anymore." Und wie immer hatte er seinem Gefühl vertraut und später dessen Richtigkeit anhand von Details überprüft.

Jede soziale Schicht hat eine Grenze, über die der jeweils Angehörige der Gruppe niemals wirklich kommen kann. Die Randschichten dieser Gruppe sind identifizierbar und können statistisch als unteres bzw. oberes Quartil bezeichnet werden. Das hier war jedes Mal unteres Quartil, egal welche Schicht gerade anwesend war. Wie in einem umgekehrten Zoo halten sich die Beobachteten für die Besucher, während sie von anderen Besuchern wegen ihres Soziolekts, ihrer verschobenen Wahrnehmung oder schlicht wegen ihrer exotischen Natur beobachtet werden. Beide nehmen ihre Aufgabe ernst und profitieren voneinander: Die lokalen Häuslratzen sind in der Gesellschaft der Upperclass, und diese wiederum genießt das scheinbare Abenteuer des Teilhabens an einer ihr sonst unzugänglichen Welt. Die Elvira hätte jetzt sicher wieder gesagt, dass es in jeder Liga eine Friseurin gibt, und ich hätte drauf gesagt, dann ist das hier die leibhaftige Friseurinnung. Ach ja, die Elvira. Konzentrier dich, Fetzer!

Der Lange war da. Natürlich, er war immer noch auf

der Suche nach einer Frau. Er tat wie immer so, als sei er begehrenswert, und seine Uhr tat immer noch so, als sei sie eine Breitling. „Zero Points“ für beide Versuche.

In der Ecke taxierten die perverse Silke und ihr gelegentlicher Begleiter ein potenzielles Fickopfer. Dunkel, keine Schönheit, aber Augen, die jeden Schmerz der Welt gesehen haben. Schau an, schau an, eine von denen, die weiß, dass sie hier nicht hergehört und auch nirgends anders hin, also geht sie erst recht hierher, weil's eh wurscht ist. Aber wie groß muss der Schmerz sein, um sich mit den beiden Perversen einzulassen? Fetzer schüttelte innerlich sein Haupt.

Das menschliche Herz wird mir immer fremd bleiben. Das Einzige, was ich sicher weiß, ist, dass dort jeder Zustand jederzeit gleichzeitig möglich ist. Die Liebe. Der Hass. Das Verlangen. Der Schmerz und die Trauer, der Wahnsinn und die Lust. Und aus allem kann jederzeit der Tod entstehen. Oder ist der schon immer da? Falsches Sample, Fetzer, du hast hauptsächlich mit Tod und Gewalt zu tun, deshalb kommt es dir so vor, als sei dies der Endpunkt von allem.

Die drei Alten, die immer auf einen Sprung kamen, dann wieder gingen, um wieder auf einen Sprung zu kommen, standen in der anderen Ecke. Laut begrüßte ihn einer: „Grüß Sie, Herr Kommissar!“ Fetzer vermaß und katalogisierte das Ausmaß der sich ändernden

Gesprächslautstärke. Im Durchgang zu den Toiletten war es deutlich stiller geworden.

Mein Gott, dieses Kottan-mäßige Setting ist so was von langweilig. Natürlich ist klar, dass in der hinteren Ecke zwischen Abstellraum und Toilette der Blade und sein Pferderl sitzen. Erstens hört man das Pferderl und zweitens steht neben dem neuen Servierkörper griffbereit eine Flasche Averna. Und daneben ein Marillenpago. So was trinkt nur der Blade, und nur für ihn muss es so schnell gehen. Kein Wunder, seine mangelnde Impulskontrolle katapultiert den Bladen regelmäßig in den Häfen, und die mangelnde Kompetenz des Richters wieder hierher. Der Blasse hat also gewusst, dass er wieder draußen ist, weil die Schnepfe hinter der Theke ist neu und konnte das noch nicht wissen.

„Renate, sag dem Bladen, er kann vom Scheißhaus wieder runter. Er interessiert mich nicht. Und, Renate, wann hörst endlich auf mit der Hackn? Kaufts euch an Schrebergarten und züchtets Hasen, weil du bist a Schand für dein Gewerbe mittlerweile. Wie alt bist? 50? Und wie alt is dei Gsicht? Siehst, was ich mein?"

Die heulende Nutte im vorderen Eck kicherte unter Tränen. Es geht doch nichts über Solidarität unter Weibern, kaum is eine noch mehr im Oasch als die andere, geht's der anderen gleich besser!

„Na, Prinzessin, was hast für an Kummer? So schöne Rosen und du weinst!" Wirkt doch immer, der bleede

Spruch. Gleich heult sie noch mehr und dann spricht sie ohne Punkt und Komma.

Fünf Minuten später wusste er alles: Der Manni war verschwunden, einfach so. Ohne Streit und ohne Mitnahme der Sparbücher. Pass da. Autoschlüssel da. Sein Handy klingelte zwar, aber er hob nicht ab.

Es folgte eine endlose Tirade über die zahlreichen guten Eigenschaften des Koberers, über seine prinzipielle Treue und seine tadellose Arbeitsauffassung als Beschützer einer hart arbeitenden Gewerblerin.

Ein Heiliger, quasi. Antialkoholiker und Pazifist. Einzige Mission im Leben das Auf-den-Strich-Schicken seiner Liebsten. Ja, wo gibt's heutzutag noch so einen guten Mann! Fetzer war voller Empathie. „Prinzessin, vielleicht ham ihn eh nur wir!“ Der gut gemeinte Trost löste einen weiteren Heulanfall aus und er war richtig erleichtert, dass sein Handy vibrierte.

„Was is?“ Fetzer brüllte ins Telefon. „Wieso lachst, Depperter? A Leich hamma? Is es der Oprieschnig? Na? Dann gibt's nix zum Lachen!“

Die nächsten Minuten aber hörte er, ohne ein einziges Mal zu unterbrechen, konzentriert zu und ordnete dabei die leeren Gläser auf der Theke zu einem perfekten Kreis. Im Auflegen stach er mit einem Finger in die Richtung der neuen Servierschnecke: „Gezahlt wird nicht. Und richt dem Blassen aus, ich will den Kellner von früher wieder hier stehen haben.“

Bei dem warst dir zwar nie sicher, ob er dir gleich die Goschen poliert oder doch eher die Gläser, aber beides hat er können. Und was für ein Talent der hatte! Eine faszinierende, weil anstrengungslose Hypervigilanz hatte der, der konnte alles mühelos im Auge behalten und trotzdem grantig sein, wahrscheinlich eine Technik, um seine bewusste Aufmerksamkeit auf den Erhalt seiner schlechten Stimmung fokussieren zu können. Aber wurscht jetzt, weil wir ham a Leich. Und ka scheene, offenbar.

Als Fetzer in der Ottakringer Straße eintraf, lachte der Uniformierte noch immer.

Bua bleeder, sicher aus dem Burgenland und noch nix gewöhnt. Also schau ma amal ... Männliche Leiche, zirka 45 bis 50, liegt rücklings auf dem Bett. Die Beine sind gespreizt. Unbekleidet bis auf Netzstrümpfe und Pumps der Marke Louboutin, was auch irgendwie klar ist, weil das Rot der Sohle exakt mit dem Rot des Satinleintuchs korrespondiert, ein Mann mit Geschmack also!

Die Haare sind gefärbt und die Stirn ist verdächtig glatt. Keine sichtbaren Wunden.

Aber einen rot angemalten Ständer hamma, da schau her!

Dasselbe Rot wie bei den Schuhen und beim Leintuch.

Ich wette, der hat ebenso rot lackierte Zehennägel …

„Geh her da du Wurschtl, hör auf zu lachen und zieh der Leich die Schuh aus – mit Handschuhen natürlich, du Trottel!“

Amüsiert sah er zu, wie sich der Uniformierte zittrig ans Werk machte. Na wart, du „Sissy“, ich lass dich gleich die Strümpfe auch ausziehen!

Sekunden später änderte sich seine Laune schlagartig: Er hatte soeben die erste Wette seit Jahren gegen sich selbst verloren.

„Du wartest da auf den Spitz und passt auf, dass der nicht wieder die Proben verdreckt. Und halt ihn davon ab die Leich abzulecken oder draufzuwichsen!“

Fetzer weidete sich an dem schockierten Gesichtsausdruck des „blöden Buben“ und kicherte noch immer, als er seine erste Runde durch die Wohnung machte.

So so, arm, aber sauber sind wir hier also. Lesen können wir auch, offenbar. Nicht nur Bildbände und Lexika oder die übliche Pornografie. Bissl Kunst an der Wand, bissl Kunst in den Regalen. Kein einziges teures Möbelstück. Kein teures Gewand. Sehr gute Schuhe, alt, aber sehr gut sogar. Mehrfach gedoppelt, typische Arbeit vom Michalits in der Gumpendorfer Straße. Der einzige echte Schuhmacher weit und breit.

Musik? Musik: Feinst! Harman-Kardon und Denon, handgemachte Boxen. Aber fragwürdiger Musikgeschmack. In den Siebzigern stehen geblieben, musiktechnisch und emotional. Auch so was, das man den Jungen mal beibringen müsste. Eine Leich, die Lynyrd Skynyrd gehört hat zu Lebzeiten, ist etwas anderes als eine, die Andrea Berg gehört hat.

Ein sauberer Mensch gewesen, mei Leich. Perfekt gewischter und eingeräumter Kühlschrank. Nur gesunde Sachen. Übliche Ordnung.

Computer? Hamma. So ein schwarzes, ultraspaciges Teil, na jetzt wiss ma, wofür wir unser Geld ausgegeben haben, was?

Opulentes Bad mit ebenso opulenten Pflegeserien. Allein hast also gelebt, und an Zärtlichkeit hat's dir gefehlt im Leben. Hättst vielleicht deinen Musikgeschmack überdenken sollen, is ja kein Wunder, dass dir keine geblieben ist!

Fetzer hielt inne. Warum hatte er „keine" gedacht statt „keiner"? Welche unbewusst aufgenommenen Details hatten ihm einen Hinweis auf die sexuelle Präferenz gegeben?

Natürlich. Keine Gleitcreme und keine doppelt starken Gummis, keine Salben gegen Fissuren etc.

Du warst sauber und gesundheitsbewusst, Alter! Du hättst di nie deppert gspielt, gell! Außerdem hast in deiner CD-Sammlung weder die Streisand noch die Midler, von ABBA weit und breit keine Spur …

„Is der Spitz endlich da? Gut. Ergebnisse morgen auf meinem Schreibtisch.

Habe die Ehre, die Herren!“

Eigentlich könnte man jetzt die Elvira anrufen. Das wäre nett, noch mal so eine Behandlung. Oder auch nicht. Die bildet sich noch was ein drauf. Also wird nicht angerufen. Is eh ein Trampel, ein Blöder! Und wie sie immer schaut mit ihren Kuhaugen!

Als Fetzer seine Wohnung betrat, war seine Laune im Keller.

Die äußere Ordnung der Dinge folgt der inneren. So wie auch die innere Ordnung der äußeren folgt.

Da die äußere Ordnung in den meisten Fällen leichter herzustellen und dies vor allem weniger schmerzhaft ist, war Fetzer ein Meister im Herstellen solcher Ordnungen.

So kontrollierte er zuerst die Anordnung der Kaffeetassen (tadellos, jeder einzelne Henkel zeigte genau 45 Grad nach rechts), danach den Kühlschrank (verbesserungswürdig, denn nicht alle Lebensmittel waren exakt nach Farben sortiert, hier hatten die Praktikabilität und das Wissen um die verschiedenen Kühlerfordernisse über die Ästhetik gesiegt).

Weder Kästen noch Kommoden brauchten kontrolliert zu werden. Hier herrschte immer und jederzeit penible und tröstende Ordnung.

Der Kater hatte schon wieder seine Schale aus dem wohlproportionierten Schwerpunkt zwischen Wasserschüssel und Trockenfutterbehälter gerückt. Absicht oder einfach mangelndes Verständnis für die wesentlichen Bedürfnisse? Hier war eine Analyse wenig fruchtbringend.

Fetzer legte Hose und Hemd ab, versorgte diese ordnungsgemäß und legte sich aufs Bett.

Noch immer schlechte Laune. Mechanisch onanierte er und war in Gedanken bei Elvira.

In ebenso schlechter Laune ob dieser unerwünschten gefühlsmäßigen Anwandlung schlief er schließlich ein.

Kapitel III

Der nächste Morgen hatte neben der Tatsache, dass der Portier die Gewerkschaftszeitung las und somit klar war, dass Oprieschnig im Haus war, noch weitere unangenehme Überraschungen bereit.

Die Nutte aus dem „Roten Hund" saß im Vorzimmer und wollte unbedingt dem Herrn Kommissar persönlich eine Vermisstenanzeige für den geliebten Manni aus dem Kreuz leiern.

„Schatzerl, schau, er is erwachsen", Fetzer versuchte es vernünftig anzugehen. „Und wenn er ned zufällig Louboutin-Pumps besessen hat, dann is er auch ned mei Leich. Außerdem hätt der auch bei einem Pferderl an besseren Geschmack gehabt. Also. Geh ham, plärr mir ned die Ohren voll."

Na endlich, der Bericht vom Spitz. Interessant: Der Schwanz war also nicht bemalt, sondern lackiert. A Trottel, der Spitz. Und mit was? Mit Nagellack, mit Acryllack, mit Bootsfarbe? Wahrscheinlich war der so begeistert von den Netzstrümpfen und den Pumps, dass er den Rest vergessen hat.

Sperma irgendwo? Steht nicht da. DNA, die nicht die eigene oder die vom Spitz ist? Keine.

Irgendwas unter den Fingernägeln? Auch nicht. Aber ein Pergamentröllchen im Arsch, schau schau! Das ist neu. Den bring ich um den Spitz! Mit Beschriftung, ohne Beschriftung, war was drauf oder was drin eingewickelt und vor allen Dingen: Wie kam es an diesen klandestinen Ort?

Fetzer hielt inne. Wie war die hirnmäßige Verbindung zu „klandestin“ zustande gekommen? Durch das Wort Pergament, ganz klar. Mönche – Pergament – geheimes Wissen – verborgener Ort. Und verborgen war das Röllchen ja tatsächlich gewesen.

Sorgfältig scannte er sein inneres Bild der Opferwohnung. Eine Reihe im Bücherregal war für die Klassiker der Pornografie reserviert gewesen, die darunter für ethnologische Fachliteratur. Mühelos erinnerte er sich an die Titel von links nach rechts. Genau. Da war ein Band über die Indigenen des Amazonas dabei, und hatten die nicht rote Penisfutterale? Ebenso wie einige Stämme in Afrika und auf Papua.

Aber die Verbindung zu Pergament oder zu Mönchen war nicht auf logischem Weg herstellbar.

„Lichtblau, den Navratil zu mir. Und eine Amöbe! Und, Lichtblau, keinen von den Quotentschuschen, hörst!“

Die fünf Minuten, die Lichtblau für das Aufstellen der beiden gewünschten Personen brauchen würde, gedachte Fetzer zum Studium der Personalien der Leiche zu nutzen.

Dr. Marius Gruber, 42, unverheiratet (sag ich ja, bei der Vorliebe für seltsame Musik), studierter Kulturanthropologe (also hacknstad oder Würschtelstandbesitzer), beschäftigungslos (na bitte!). Ein fescher Mensch, ein bissl blass als Leich vielleicht, aber im Leben sicher ein verführerisch schwarzer Engel. Wo hast dich herumgetrieben Marius? Und woher hast den Tick mit den Schuhen und den Strümpfen? Einer wie du muss nicht zahlen fürs Ficken, der geht ins „Café Rendezvous" oder in sonst eine Tauschbörse, wo man Sehnsucht und innere Leere gegen kostenlosen Sex eintauschen kann.

Das heißt, ich werde deine Freundinnen nicht finden, weil keine dich geliebt haben wird und dich also niemand vermisst. Du bist a arme Sau gewesen, Marius. Aber schöne Schuhe hast gehabt und einen feinen Geschmack.

Als er aufsah, stand ein Uniformierter vor ihm. Blond, hellhäutig, eindeutig ängstlich.

Ah, dem ham s' sicher erzählt, er muss zum Fetzer, dem Freak, und kann sich auf was gefasst machen. Glauben die wirklich, ich wüsste nicht, wie die mich nennen?

„Wie heißt, Bürscherl? Anton? Woher bist? Aus Stockerau, soso. Na endlich mal was Positives. Du gehst in die Gruber-Wohnung und holst mir aus dem Bücherregal bei der Tür aus der dritten Reihe von oben das grüne Buch. Das über die Amazonasindianer. Lesen kannst, oder? Weiß man bei euch nie und kann man ja auch kaum voraussetzen. Ab mit dir!“

Wo war der verdammte Navratil? A menschliche und rassische Enttäuschung, dauernd krank oder auf Weiterbildung, aber privat ein begnadeter Datenbankspezialist und Rechercheur. Offiziell Kanzleikraft und in dieser Profession außergewöhnlich unzulänglich, daher pragmatisiert und den Amtstitel Oberkontrollor führend.

„Lichtblau!!!!!!! Deine fünf Minuten sind um. Und wo is der Navratil? Was heißt sechs Wochen in Kalksburg? Ruf ihn an und sag ihm, wir sind hier auch eine Anstalt, das wird ihm ja nicht entgangen sein, also soll er antreten und sich einbilden, das Büro ist Kalksburg. Heimlich saufen kann er hier auch, sagen wir eben nicht Dienstschluss, sondern Ausgang, wenn er geht. Also keine Änderung seiner Gewohnheiten notwendig!“

Bis der blonde Anton wieder erschien, ordnete Fetzer die Akten. Akribisch legte er Blatt auf Blatt, verschnürte die Aktendeckel und richtete den geordneten Stoß exaktest an der Tischkante aus.

Danach die Bleistifte. Danach die Stühle. Dann die Grünpflanzen. Aber das Elvira-Gefühl blieb von der äußeren Ordnung unbeeindruckt an seinem Platz. Intolerabel.

Brütend saß Fetzer an seinem Schreibtisch. Was tun ohne Navratil? Seine eigenen Computerkenntnisse waren ganz passabel, aber ihm fehlte eindeutig dessen Paranoia, die hinter jeder im Netz auffindbaren Information einen Zusammenhang mit jeder anderen dort verfügbaren vermutete, nach Gemeinsamkeiten und Abhängigkeiten suchte und so ein zwar möglicherweise falsches, aber trotzdem effektives Muster über die diversen Schnipsel legte: Entweder blieb das gefilterte Ergebnis übrig und führte zum Ziel, oder man nahm später die von ihm ausgeschiedenen Ergebnisse – beide enthielten wertvolle Informationen, so wie ein Negativ wertvolle Informationen über das Nicht-Sein eines Bildes enthält. Das Studium des Unterschieds war demjenigen der Gemeinsamkeiten eindeutig überlegen.

Entschlossen verließ er sein Büro und fasste persönlich den Gruber-Laptop aus der Asservatenkammer aus, was den dort diensthabenden Beamten so nervös machte, dass er kaum den Quittungszettel ausfertigen konnte.

Den blonden Anton allerdings machte dieser Umstand glücklich, denn Fetzer war nicht in seinem Büro, als er mit dem Buch wiederkam, und so nutzte er die Gelegenheit, es einfach auf dem Schreibtisch abzulegen und so schnell und unauffällig er konnte den Raum wieder zu verlassen.

Eine unnötige Vorsichtsmaßnahme, denn Fetzer saß bereits im Postbus 354 nach Kalksburg, den Laptop auf den Knien und die Aufmerksamkeit auf die mitfahrenden Menschen gerichtet.

Der fährt auch nach Kalksburg, und der auch. Trinker und andere Abhängige! Wie einfach zu identifizieren! Eine schlecht, weil zittrig frisierte Nackenlinie da, die typische Haut und der Blick. Der zeigte es immer. Keine Aufmerksamkeit nach außen, stattdessen der Hunger nach einem nie zu erreichenden Glück und natürlich die Unfähigkeit, dieses in kleinen Dingen zu entdecken. Traurige Münder. Schlecht gepflegte Fingernägel.

Oder die da. Überaus penibel gepflegt zwar, aber die senkrechte kleine Falte neben dem Auge, wie sie nur entsteht, wenn der Alkohol das Bindegewebe zu oft besiegt hat, sprach eine deutliche Sprache.

Bus fahren störte seinen Ordnungssinn empfindlich, nie waren die Plätze gleichmäßig besetzt, irgendwer stand immer im Mittelteil und verstellte den Ausstieg mit Taschen oder Schachteln, mindestens drei Leute telefonierten ungeniert, und nicht immer konnte er die so gesammelte Information aus diesen Gesprächen sofort einordnen und verwerten, ein höchst unbefriedigender Zustand.

Erleichtert verließ er am Kirchenplatz den Bus und nahm den kurzen Fußweg zum Anton-Proksch-Institut in Angriff.

Der Navratil saß sicher im Park. Warum die Pfleger ihre Patienten diesem reizarmen Anblick aussetzten, war unbegreiflich. War nicht klar, dass diese friedvolle und harmonische Umgebung dazu beitrug, die Gedanken des Trinkers auf sich selbst zu werfen – eine Tatsache, die wohl kaum zur Gesundung beitragen konnte, im Gegenteil, wenn die merkten, was für ein Scheißleben sie eigentlich hatten und was für ein wertloses Stück Dreck sich im eigenen Inneren verborgen hielt, taten sie das, was sie als unbewusste Strategie gegen den inneren Dialog ohnehin perfekt entwickelt hatten: Sie tranken, aber jetzt eben heimlich.

Natürlich fand er ihn auf einer Parkbank, müde auf ein paar Bäume starrend. Geht schon los, die Denkerei, natürlich!

„Karl, ich sag dir was. Du hast zu wenig Disziplin. Zum Sterben und zum Leben. Sauf dich endlich zu Tode oder verzweifel, wie der Rest der Menschheit, am Leben. Dazu braucherst aber auch Disziplin. Und jetzt nimm den Laptop, geh schön auf dein Zimmer und fang an! Ich brauch alles, was du findest.“

Das musste man dem Navratil lassen, er verstand wortlos. Er lächelte sogar ein bisschen.

Gib den Menschen eine Aufgabe, die sie davon abhält, sich mit sich selbst zu beschäftigen, und sie sind für eine ganze Zeit lang richtig glücklich. Wie ein Trüffelschwein würde der Karl alle Informationen aus dieser Büchse der Pandora untersuchen, gruppieren, auseinandernehmen und wieder ordnen. Bis er eine seiner eigenen Verschwörungstheorien scheinbar beweisen konnte. Und das konnte er immer. Ein hermetisches System beweist sich selbst, und wer wollte abstreiten, dass die virtuelle Realität hermetisch ist?

Beim Verlassen des Geländes musste Fetzer lächeln. Immer das Gleiche. Pfleger im psychiatrischen Bereich haben einen eigenen Blick, mit dem sie die Anwesenden scannen. Sanft streicht dieser über die Gesichter, der Augenkontakt bricht nach wenigen Sekunden ab und wird danach für deutlich länger wieder aufgenommen. Sie suchen nach Merkmalen und Zeichen für seelische oder wenigstens geistige Gesundheit. Wenn sie einen Besucher identifiziert haben, bei dem es für eine Diagnose nicht reicht, lächeln sie entschuldigend. Haben sie einen Patienten vor sich, lächeln sie auch, aber ihre Körperspannung ändert sich nicht. Wenn die lernen könnten, diesen Zustand einer erhöhten Aufmerksamkeit, die Gefahr erkennen kann und mögliches Eingreifen vorbereitet, also das, was fachchinesisch „Alertness" heißt, in die bessere, weil unauffälligere Variante einer unbewussten, breit gestreuten, aber präzise arbeitenden Aufmerksamkeit, die Vigilanz, zu überführen, wären sie besser in ihrem Job. Nein, korrigierte er sich, dann wären sie im Personenschutz. Oder verrückt. Na meistens beides, wie die Erfahrung lehrt.

War's schon drei? Wenn er Glück hatte, räumte der Blasse im „Roten Hund" grade die Getränke ein und er könnte im noch gesperrten Lokal bei einem Achtel Weiß in Ruhe nachdenken. Außerdem hatte er im Hinterkopf, dass die neue Liebschaft des Blassen über die speziellen Vorlieben des Bladen verdächtig genau instruiert gewesen war. Warum diese Vorsichtsmaßnahme? Normalerweise war dem Blassen das wurscht. Sollten sich die Schnepfen doch ein blaues Auge holen, so weit ging die Liebe dann doch wieder nicht.

Er leistete sich ein Taxi auf Staatskosten, die Busfahrt retour wäre unerträglich. Denn retour fuhren die gerade aus der Trinkerheilanstalt Entlassenen mit ihren Koffern und ihrer gesünderen Gesichtsfarbe und der deutlich schöneren Haut. Wenn man ihnen aber in die Augen sähe, und das wäre nicht zu vermeiden, müsste man am Leben verzweifeln. Denn zumeist wäre kein Unterschied zu vorher feststellbar.

Kapitel IV

Der Blasse war, wie vorausberechnet, gerade beim Einräumen der Ware und bemühte sich redlich, den Besuch Fetzers mit Begeisterung aufzunehmen.

„Und, was hast mir zu sagen?“ Fetzer stellte sich an die Theke und begutachtete sein Achtel. Der Blasse rang sichtlich nach passenden Worten. Aber wie immer siegte sein inneres Wirt-Sein und er erzählte ohne Punkt und Komma, dass er den Bladen so gern hätte und nur deshalb habe er der Silvia genaue Anweisungen gegeben, damit der Blade sich ja wohlfühlen sollte, immerhin habe er ja einige Monate Stein hinter sich und er sei ein ganz Lieber, nur ein bissl ein Pech hätt er eben gehabt. Und die Silvia, ja, die habe der Kommissar ja kennengelernt, die wolle er heiraten. Und die Gina käme jeden Tag und plärre noch immer wegen dem Manni, dabei sei der eh ein gefährliches Stück Mensch, einer der nicht nur zuhaut, wenn's berechtigt ist, wenn der Kommissar verstünde, was er meine.

Fetzer verdrehte innerlich die Augen zum Himmel. Wirte und Friseure. Allerweil die Goschen offen bei der

Arbeit und heraus kommt nix als Blödsinn. Die Elvira hätte jetzt gesagt: Und die Kosmetikerinnen, wurscht ob s' dir grad die Muschi harzen oder die Füß, man wird zwangsbeglückt mit schiachen Gschichten von schiachen Leuten.

„Giovanni, du Fetzendepp. Erstens: Der Blade versorgt dich mit Koks, wie wir, also ich und du, genau wissen. Drum hast ihn ja so gern. Zweitens: Du bist schon verheiratet. Drittens: Wenn diese Silvia beim Ficken genauso unaufmerksam ist wie beim Arbeiten, was wahrscheinlich ist, stornierst sie besser. Jedenfalls ist sie eine Zumutung. Schau zum Beispiel dein Gläserregal an. Wo is überhaupt dei Kellner, des hätt's bei dem ned geben. Außerdem hat der ned amal dann gredt, wenn er gfragt worden ist. Der war mir fast schon sympathisch."

Viertens, machte er sich eine geistige Notiz, eine Hur, die länger als 24 Stunden um ihren Zuhälter weint, und das öffentlich, hat was zu verbergen. Wetten, dass sie ihn selbst weggräumt hat. Na solln sich die Kollegen von der Sitte mal in ihrem Studio umschauen.

„Und, Giovanni, ab jetzt haltst die Goschen und lasst mich nachdenken."

Ob der Navratil schon was hatte? Marius, Marius, bald wissen wir, wo du dich rumgetrieben hast. Und wo du deine teuren Schuh gekauft hast und das passende Leintuch dazu. So feine Dinge gibt's in den hiesigen Sexshops nicht, und deine Pumps hat zwar der Stiefelkönig in der Kärntner Straße, aber sicher nicht in deiner Größe.

Ich wette, das waren echte Nylonstrümpfe. Auch schwer zu kriegen hier.

„Giovanni! Was macherst, wennst piekfeine Louboutin-Pumps haben wolltest und echte Nylons?"

„I lassert mir a Nuttn kommen, die welche anhat. Wolln S' die Nummer von der Madame Pia, weil die ..."

Fetzers Blick ließ den Blassen mitten im Satz innehalten und einen nicht vorhandenen Fehler an einem Rotweinglas studieren.

„Blasser, i sag dir jetzt was. Ich ignorier für den Moment, dass du mir die Frage, wo dein Kellner ist, nicht beantwortet hast. Dafür fragst du mir bei deinen perversen Swingerfreunden nach, ob die einen großen, schwarzhaarigen Typen kennen, der trotzdem er hetero war, auf solche Schuh und solche Strümpf gstanden ist. Zum Selberanziehen, und nicht an deiner Madame Pia, wohlgemerkt. Die sich übrigens endlich einen Deckel holen soll, sonst lass ich sie nächstens bei einer Veranstaltung der feinen Gesellschaft, in der sie sich so gern bewegt, verhaften. Wenn sie sich unbedingt ohne magistratische Genehmigung und Kontrolle prostituieren will, soll s' reich heiraten und für ihre Apanage die Füß aufstellen. So wie's die andern anständigen Weiber machen.

Habe die Ehre."

Fetzer wusste nicht, was in ihn gefahren war, aber als er auf der Straße stand, rief er die Elvira an.

Sie hatte Zeit. Gut so.

Und auf dem Weg zu ihr hob sich nicht nur seine Laune.

Sorgsam strich er sich durch die Haare und kontrollierte seine Schuhe. Sie ließ ihn immer zwei Minuten warten nach dem Klingeln, manches Mal weniger, aber nie mehr.

Wortlos ging er durch die Tür, zog Schuhe, Hose, Hemd und Unterhose aus, legte alles sorgfältig zusammen, kniete sich hin und senkte den Blick.

Erst als Elvira ihm nach einigen Ohrfeigen befahl, ihr auf allen vieren zu folgen, riskierte er einen Blick. Diese Göttin trug heute zu ihren überkniehohen Stiefeln eine Gardeuniform des Bundesheeres und bekleidete offensichtlich den Rang einer Generalin.

Als er des Knebels und der Fesseln gewahr wurde, die sie nachlässig neben das Bett gelegt hatte, konnte er sich nicht mehr beherrschen. Sein arg verfrühter Orgasmus ließ ihn wimmern und Elvira die Augenbrauen hochziehen. Fetzer war brüskiert.

Die Generalin jedoch reagierte sowohl ihrer Erfahrung als auch ihrer Profession gemäß mit Gleichmut und Sachverstand und brachte Fetzer in der nächsten Stunde, sozusagen nach langen und mit Geduld ertragenen Leiden, zu einem für beide Teile höchst befriedigenden Höhepunkt.

Später kochte ihm die Elvira einen Kaffee. Weder fiel ihm auf, dass ihre Küche ziemlich unaufgeräumt war, noch hatte er das Bedürfnis, die Zuckerstücke (Wiener Mokkazucker in Form von Pik, Herz, Kreuz und Karo) nach den Kartenfarben zu ordnen. Innere Ordnung, Fetzer, kann auf äußere verzichten.

Sie beratschlagten das Problem der Louboutin-Pumps und der Nylons. Recht hast, meinte die Elvira, schwierige Sache. Die Pia ist die Einzige, die auf Markenfetisch macht, die weiß sicher, wo es das Zeug gibt. Aber sie ist ein ebenso arrogantes wie blödes Weib, außerdem schon wieder runderneuert, und diesmal sieht man's.

Also doch ein Mensch, wenn auch nur ein halberter, weil eine Frau. Wennst dich auf was verlassen kannst, dann auf Neid und Missgunst unter den Weibern. So wie auf leicht zu verletzende Ehre und schimpansisches Revierverhalten bei den Männern. Weniger dem Geld folgen brauchst bei Gewaltverbrechen, aber immer den Aberrationen des menschlichen Geistes.

Solche Klienten wie seine Leich habe sie mehrere, plapperte die Elvira gerade, aber Fetzer hörte nicht mehr zu.

Als er sie zum Abschied küssen durfte, musste er über ihre hochgestochene Wortwahl lächeln. Klienten also. Das haben doch sonst nur Unternehmensberater, Wirtschaftstreuhänder und Rechtsanwälte. Aber natürlich hat sie recht: Huren unter sich.

Fürs Büro war es jetzt zu spät, musste der Spitz sich eben zu ihm bemühen. Er bestellte ihn ins „Jägersmann", denn wenn man was Vertrauliches besprechen wollte, konnte man das dort jederzeit unbesorgt tun. Die Klientel dort war einzigartig: Zuerst einmal redeten alle ausschließlich über sich selbst und von ihren vorgeblichen Großtaten, dann koksten sie sich zu, und wenn man etwas Masel hatte, räsonierte einer vom blau-orange-braunen Karrieretrampolin über grundsätzliche Probleme Wiens und damit der Welt. Woraufhin sowieso das Gros der Geistesschwachen an dessen Lippen hing und weder Aufmerksamkeit noch Intelligenz genug aufbrachte, um einem anderen Gespräch zu folgen.

Von der Pressgasse kommend und die Stufen zur Hinterseite des Naschmarkts hinauf zeigte sich unter einem blutroten Abendhimmel die Wirklichkeit: leere Obstkisten, Papier, Dreck, Flaschen und sämtlicher andere Müll, den Standler, Käufer und die unvermeidlichen Touristen achtlos zurückgelassen hatten. Ist das das, was wir sind? Ist das der wirkliche Naschmarkt? Und die Müllwagen mit den Wasserspritzen, die in ein paar Stunden ihre abgezirkelten Runden drehen würden, um diesen Auswurf zu beseitigen, was waren die? Ein Äquivalent zu Gottes Zorn, quasi die magistratische Sintflut?

Fetzer, du bist ein Romantiker, schalt er sich. Und das ist, wie wir wissen, eine Krankheit der Seele.

Merzen wir sie also aus. Ein, zwei Achtel werden genügen. Und der Spitz natürlich.

Kapitel V

Schon beim Eintreten konnte er den Unterschied zum „Roten Hund“ spüren. Nein, spüren war das falsche Wort. Er konnte ihn genau festmachen, und zwar an den anwesenden Personen (besser gekleidet als beim Blassen), an deren exakter einzugrenzendem Soziolekt (beim Blassen mischte sich „Meidling uptown“ mit „Döbling-gerade-eben-geschafft-und-nach-Hietzing-is-unendlich-weit“) sowie an der pseudorustikalen Dekoration. Und am pseudointellektuellen Gehalt der Thekengespräche. Da passte der Spitz bestens her.

Der saß, mit einem Aktendeckel vor sich, an einem Randtisch und hatte es tunlichst vermieden, etwas Alkoholisches zu bestellen.

„Spitz, ich höre. Und zwar vornehmlich das, was du Trottel vergessen hast aufzuschreiben. Die Todesursache zum Beispiel, nur so eine Kleinigkeit …“

Spitz schluckte, sah unwillkürlich nach rechts oben und begann zu memorieren:

Todesursache: Genickbruch.

Sperma: Ja, am Oberschenkel und am Leintuch.

„Welches? Deins oder das von der Leich? Oder von

einem kleinen grünen Männchen?" Da muss man sich zusammenreißen, dass man der Kanaille nicht sofort eine anreibt. Ruhig, Fetzer, noch a Diszi kannst dir jetzt ned leisten.

Also das Sperma vom Herrn Doktor.

Ein paar blonde Haare, die allerdings von Natur aus schwarz sein müssten. Kleberrückstand.

Ah! Eine Perücke also! Und wo war die? Wenn s' nicht in der Wohnung war, wohl am Mörder. Oder der Mörderin?

Der rote Lack war überall zu kriegen, in jedem Bastelgeschäft.

Das Pergamentröllchen war offenbar mit dem Finger und mit der Hilfe eines Gleitmittels eingeführt worden. Keine Fissuren.

Der Spitz hatte noch eine Überraschung in petto: Nachlässig warf er ein bräunliches Stück Papier auf den Tisch.

Angewidert begutachtete Fetzer das halb aufgerollte Pergament. Er konnte sich nicht überwinden, es mit bloßen Fingern zu berühren, und begrub es unter seinem Weinglas.

Hoffentlich desinfiziert Alkohol wirklich, und zwar auch dann, wenn der Alkohol oben im Glas ist und nur der Fuß des Glases auf dem Papierl steht!

Den erwartungsvollen Blick von Spitz bemerkend sah er genauer hin. Eine Schrift!

„Omnis mundi

„Los Spitz, spuck's schon aus! Heißt was?“

„Latein, Herr Kommissar. Genitiv. Der ganzen Welt.“

Und, Fetzer, jetzt stehst an. Der ganzen Welt … der ganzen Welt geht's beschissen und drum steckt das wer in den Arsch von dem Gruber oder wie? Oder soll das heißen, der Arsch vom Gruber gehörte der ganzen Welt? Das passt nicht.

Widerwillig verrückte er das Glas. Natürlich, das zweite Anführungszeichen fehlte.

„Spitz, dein Urlaub kannst streichen. Der Typ is noch ned fertig, der will uns noch was mitteilen. Und weißt was: Ich glaub, nicht per Post.“

Der Navratil muss morgen was liefern, unbedingt. Da bricht wer dem feschen Marius das Genick, legt ihn dann schön hin, schiebt ihm eine Botschaft in den Arsch, schmiert sich dafür Gleitmittel auf die Finger, damit er sich dabei nicht irrtümlich verletzt und sich was holt.

Dann lackiert er dem Opfer den Schwanz rot.

Vorher aber bringt er den Schönling zum Spritzen. Oder?

„Spitz! Tätst du vor einem Mann wichsen? Was frag ich so blöd. Dir trau ich's zu. Und vor einer Frau? Während du eine Dose Lack in der Hand hältst? Nein, bitte sag's mir erst gar nicht!"

Fetzer türmte das abgezählte Kleingeld zu einer harmonischen Skulptur, stand auf, verließ das Lokal und ging in Richtung Gumpendorfer Straße.

Im Stiegenhaus zu seiner Wohnung wurde ihm klar, dass er die halbe Nacht ein Bild des wichsenden Spitz vor Augen haben würde.

Des sollt ma sich anschauen lassen, hätte der Polizeipsychologe jetzt gesagt. Auch so ein Arsch. Damit ist der Tag endgültig verhaut.

Fetzer begann die ohnehin makellose Ordnung in seiner Wohnung zu überprüfen. Aber er konnte sich nicht entspannen.

Kapitel VI

Durchwachte Nächte haben Folgen. Körperliche und geistige.

Der erhöhte Bedarf an Koffein verursachte bei Fetzer am Morgen nicht nur Magenschmerzen, sondern sorgte überdies für eine zwanzigminütige Verspätung, da die Espressomaschine nach jeder Tasse aufwendig geputzt und poliert werden musste.

Als Fetzer schließlich in der Sicherheitsdirektion eintraf, begegnete ihm Oprieschnig auf der Treppe. Dass dieser ihm zulächelte, ordnete er als Halluzination ein, die zweifellos durch den Schlafmangel verursacht war, und so ignorierte er dieses Trugbild.

Aber das grüne Buch über die Amazonasindianer, das in seinem Büro sowohl in einer ästhetisch als auch geometrisch unerträglichen Position schräg über einem Aktendeckel platziert war, versetzte ihn zuerst in einen hellwachen Zustand – und dann in Raserei.

So konnte er auch das wiederholte Vibrieren seines Handys erst wahrnehmen, als sämtliche Akten, Bleistifte und Grünpflanzen neu geordnet und perfekt ausgerichtet waren. Das Buch lag nun zuoberst, wohltuend mit dem unteren und dem linken Rand des obersten Aktendeckels abschließend.

Navratil aus der Vorhölle der Trinker. Mit der Bitte, doch vorbeizukommen, viel hätte er noch nicht, aber da sei doch einiges Interessantes in dieser schwarzen Büchse der Pandora.

Kein Wunder, dass der Navratil trinkt. Typisch: Büchse der Pandora. Der sucht überall und immer nach den Übeln dieser Welt. Und weil er sich im wirklichen Leben ned auskennt, sucht er eben im Cyberspace. Die Hoffnung aber wird er weder dort noch da finden. Also is eigentlich wurscht, wo er sucht, oder?

Fetzer machte sich nach Kalksburg auf und beschloss, die Busfahrt dorthin zu verschlafen.

Navratil war augenscheinlich in seinen Normalzustand zurückgekehrt. Rot geränderte Augen, schlampiges Gewand, fahrige Handbewegungen. Und ein Redefluss ohne Punkt und Komma.

Ein schlamperter Hund sei er gewesen, der Gruber, keine Ordnung in den Dateien, kaum was Verstecktes, ein Mords-Downloadvolumen, lauter Pornoseiten und einschlägige Dating-Plattformen.

Gezahlt habe er für diverse Premiumzugänge. Ein halb fertiges Manuskript sei auch drauf, eine wissenschaftliche Arbeit über Neuguinea mit ziemlich dünner Forschungsfrage, wenn er sich die Anmerkung erlauben dürfe.

„Na, derfst ned. Was is mit Namen? Mail-Adressen? Weibern?“

Ja ja, sei alles aufgelistet auf der CD, der Kommissar müsse nur draufklicken, hauptsächlich Studios und Nutten und eben seine Kontakte aus dem „Café Rendezvous“. Aber keine Adresse und kein Name, der irgendwie nach einer privaten Bekanntschaft oder Liebschaft aussähe.

„Was für Nutten?“

Nur die teuersten. Und nur solche mit Girlfriendsex im Angebot. Navratil war sichtlich enttäuscht.

Aber, und hier leuchteten seine Augen, von den Dating-Plattformen waren hauptsächlich die „Paar sucht Ihn“-Annoncen im Cache. A schlamperter Hund eben.

Er habe die Freiheit besessen, den Account im „Café Rendezvous“ zu aktivieren, das Passwort sei auf der CD. Diverse Mails seien eingetroffen, als Dritter im Bunde sei der Gruber offenbar recht begehrt gewesen!

Fetzer nahm die CD und die Versicherung entgegen, dass Navratil weitersuchen und ihn sofort informieren würde, wenn er etwas fände.

Mit dem feinen Kamm deiner Paranoia wirst drübergehen, die überall eine Verschwörung des Bösen vermutet und so einen jedenfalls effektiven Raster anlegt. Denn entweder machen deine Ergebnisse Sinn, oder die ausgeschiedenen Ergebnisse machen Sinn. Aber irgendwo bleibt immer die Laus hängen. Was für ein verschwendetes Talent, dieser Navratil. Schaut immer in die falsche Richtung, aber weist so den Weg in die richtige.

Die CD in der Jackentasche ging Fetzer zum Bus zurück.

Keine Spur von den Pumps und kein Hinweis auf diese Vorliebe also. Keine verdeckte Neigung als Transe, keine ungewöhnlichen Sexspielchen. Du warst nicht nur a arme und einsame Sau, Marius, sondern auch a langweilige.

Und wenn der Navratil sagt, dass du schlampig warst am PC, dann warst du es sicher auch. Ein Freak erkennt den anderen, oder? Und der Navratil ist ein Freak, so viel steht fest.

Auf der Rückfahrt nickte Fetzer ein und träumte von seinem Geschichtsprofessor. So intensiv und beunruhigend war der Traum, dass er beim Aufwachen in Liesing noch minutenlang auf seinem Platz sitzen blieb, bis der Chauffeur ihn fragte, ob er Hilfe brauche.

Missmutig stieg Fetzer aus dem Bus. Meldungen des Unbewussten an ein exakt und geordnet arbeitendes Bewusstsein sind immer unerwünscht und störend, aber trotzdem wichtig.

Wieso der Geschichtsprof? Gerade dieser nervige, schlampige Typ mit dem immer gleichen Pullunder und den drei über die Glatze frisierten Haaren. Ein Musterbeispiel an mangelnder Disziplin mit seinem Fettwanst und seinen sprunghaften Anwandlungen von Neuerungen und Prozessänderungen.

Wie außen, so innen. Das hatte er damals am lebenden Beispiel gelernt.

Und wie innen, so außen, das hatten ihn dann zwanzig Jahre Polizeiarbeit gelehrt.

Fetzer schlug sich auf die Stirn und schimpfte sich laut einen Idioten.

Hermes Trismegistos und die hermetischen Gesetze! Na, der Navratil hätt a Freud mit mir, jetzt fällt mir schon sein esoterischer Schas ein. Aber wo ist der Zusammenhang mit dem Prof?

Weil irgendwas an meiner Leich innen so ist wie außen? Dann wären die Pumps und die Nylons ein Zeichen, das der Mörder hinterlassen hätte, genauso wie der rot lackierte Schwanz.

Na dann überprüfen wir als Erstes deine Einkaufsgewohnheiten und dann deine Fickfreunde. Marius, jetzt wirst doch noch interessant.

Aber die CD in der Jackentasche gab ihre Geheimnisse ohne Computer nicht preis.

Fluchend winkte Fetzer ein Taxi herbei.

Als ob die gestrige Nacht ohne Schlaf nicht genug Unbill gewesen wäre! Ein Fahrer von zweifelhafter Hautfarbe und nicht zuordenbarem Gesichtsschnitt: Inder? Paki? Ägypter? Zigeuner? Na, Letzteres nicht, die hackeln nix.

„Schottenring!"

Auf die mittlerweile typische Wiener Taxler-Eröffnung „Du sagen, ich fahren" reagierte er, indem er diesem Mufti wortlos seine Dienstmarke zeigte.

Die Fahrt überstand er nur deshalb bei seelischer Gesundheit, weil er konsequent die Augen geschlossen hielt. Unerträglich waren die Paraphernalia, mit denen der Rückspiegel behängt war. Welchem Heiligen die wohl in diesem Fall zuzuordnen wären? Sankt Geschmacklos? Dem heiligen Kretin? Einem indischen Guru, der es sich zur Lebensaufgabe gemacht hatte, anständige Europäer mit derlei kunststoffgewordenen Scheußlichkeiten in den Wahnsinn zu treiben?

Trotz aller Bemühungen brannte sich jedoch das Bild der schaukelnden Bänder, Bildchen und Blumenranken als kakophoner Farbenrausch unauslöschlich in sein Hirn.

Im Büro angekommen beruhigte ihn erst der Blick auf den makellos geordneten Schreibtisch.

Navratil hatte gute Arbeit geleistet. Liste um Liste erschien auf dem Bildschirm, fein säuberlich waren Namen, Daten und Fakten geordnet.

Internetshops: Amazon. Nur Bücher. Sah sich Empfehlungen an und kaufte anschließend.

eBay: Verkäufer und Käufer. Ka Kohle, klar, hat eigene Wertsachen verkauft und ein bissl Kunst eingekauft.

Besuchte Seiten: Pornografie, noch mehr Pornografie und die feineren der Wiener Begleitagenturen, also die, die noch ohne Nataschas auskamen. Oder wenigstens so taten.

Dating-Plattformen: nur eindeutige. Café Rendezvous und AEC. Nickname: „BlackAngel_45".

Na jetzt hat er dich ja gholt, der schwarze Engel des Todes. Der Navratil hätt gsagt, dass das eh klar ist, weil so was tut man nicht, und dass Namen Kraft haben.

Interessant! Drei Paare hatten offenbar öfter und intensiver das Vergnügen mit ihm gesucht. Reger Mailverkehr.

GeilesPaar_Wien, Normalocouple und PotenterStecher_Siebi.

Jetzt hätt i gern gwusst, was der Navratil zur Kraft dieser Namen gsagt hätt!

Nur die Aliasnamen. Bleed! Aber die Fotos von den geilen Böcken und deren Gemahlinnen waren da.

Na super, Navratil, und wem solln wir ein Schwanz-

und-Muschi-Foto zeigen mit der Frage: Kennen S' da wen?

Dem Blassen und seiner Partie, beantwortete er sich die Frage selbst. Natürlich.

„Lichtblau! Lies das Buch da und erzähl mir dann, ob diese Indios sich die Schwänze rot anmalen. Und wenn's die nicht sind, dann such dich durchs Internet und find was. Ich bin dann unterwegs!

Was interessiert mich, ob der Oprieschnig da war? Mich interessiert nur, wenn du mir sagst, dass er gar nicht mehr da ist. Fortbildung? Wieso, ich hab mich zu keiner angemeldet. Was? Er hat mich angemeldet? Zu welcher? Borderline-Psychoscheiß? Das ist nicht sein Ernst, oder?"

Fetzer stürzte aus seinem Büro und nahm die zwei Stock zum Büro des Kriminaldirektors in wütenden Sprüngen. Die Sekretärin ignorierte er (wie gewöhnlich), ebenso die geschlossene Tür. Das Lächeln des Oprieschnig war also doch keine Halluzination gewesen. Das wäre ja direkt ein Filmtitel für einen schlechten Krimi: „Das Lächeln des Oprieschnig".

„Kollege Fetzer, auch ich wünsche Ihnen einen guten Tag. Ich sehe, Sie haben die frohe Kunde bereits vernommen? Wir lassen eben nichts unversucht und scheuen keine Kosten, damit unsere Leute immer auf dem neuesten Stand der psychologischen Forschung sind! Drei Tage Workshop mit Kollegen aus Berlin zu einem schwierigen Thema, inklusive zwei Stunden Selbsterfahrung."

Fetzer zählte langsam von 35 zurück und bemühte sich, gleichmäßig und tief zu atmen.

„Lecken Sie mich am Arsch, Oprieschnig. Für solche Sachen hab ich keine Zeit. Im Gegensatz zu einigen Leuten hier hab ich nämlich was zu tun. Einen Mord aufklären, zum Beispiel.

Soso. Man kann also nicht davon ausgehen, dass man als Beamter immer dort zugeteilt bleibt, wo man derzeit ist. Pragmatisierung hin oder her, ich verstehe.

Wolln S' über das österreichische Beamtendienstrecht diskutieren mit mir? Da bin ich der Verkehrte.

Da holn Sie sich am besten den Gewerkschafter. Oder gleich alle drei. Den roten, den schwarzen und den blauen. Und reden S' ja lang mit denen, weil während der Zeit kann wenigstens kein anderer Blödsinn passieren und allen wäre gedient. Habe die Ehre!"

Wenn jetzt beim Blassen die Nuttn hinter der Bar steht, kann ich für nichts garantieren. Schick ich dem die Drogenjungs mit ihren Flohbeuteln oder hau ich ihm einfach freundschaftlich eine auf die Goschen? Ich lass drauf ankommen. Wie mir is in dem Moment.

Immer noch wütend, aber nun mit einer gewissen Vorfreude stieg er am Karlsplatz aus der U-Bahn und legte die Strecke zum „Roten Hund“ in raschem Schritt zurück, nur kurzzeitig gebremst von einer kürzlich fertig gestellten Erneuerung des Gehsteigs, wo er peinlich darauf achtete, nicht auf die Fugen im Asphalt zu treten, sondern nur auf die von den Asphaltierern unberührt gelassenen Stellen.

Aber der Giovanni war da.

„Blasser, du hast a so a Glück, i kann dir des gar ned sagen! Und jetzt sagst mir, wer das da auf den Bildern ist.“

Die menschliche Natur ist kein Rätsel, wie manche sagen. Im Gegenteil, sie liegt so klar zutage, dass es einen klaren analytischen Geist braucht, um die Überfülle der Informationen zu ordnen, zu katalogisieren, geistig zu beschlagworten und auf Unterschiede zu anderen, bereits vorhandenen Informationen zu untersuchen. In diesem Sinne war auch der Blasse kein Rätsel, und so war deutlich lesbar, dass erst gespannte Vorsicht überwog, dann Neugierde und schließlich Erschrecken. Welche persönliche Beleidigung für einen geordneten Geist das jedes Mal war, wenn die zuerst so deutlich gezeigte Gedankenrichtung und die damit verbundene, als kinästhetischer Eindruck wahrnehmbare und als Bild im Gedächtnis abgelegte Emotion stümperhaft als etwas anderes maskiert wurde. Als bemühte Langeweile zum Beispiel.

„Also wen kennst gar nicht, Giovanni?"

Ein Hoch auf das Unbewusste, denn dieses steuerte Giovannis Hand, streckte seinen Zeigefinger und wies auf Grubers Passfoto.

„Nehmen wir also als erwiesen an, dass der Rest zu deiner Stammklientel gehört. Ich höre."

Giovanni unternahm noch einen schwachen Versuch, die Ehre der Wirte aufrechtzuerhalten, indem er die Schultern hob und die Arme zum Himmel streckte, besann sich jedoch nach einem Blick auf Fetzers gespannte Kinnlinie eines Besseren und „legte nieder".

Alle drei mail- und realverkehrenden Paare waren ihm bekannt, natürlich. Lauter beste Gesellschaft. Über jeden Zweifel erhaben. Na gut, die Ehefrau vom einen war eine Exkollegin seiner Silvia, nun aber ganz seriös verheiratet mit einem Brigadier des Bundesheeres, und die andere Frau war eindeutig nicht die Angetraute vom zweiten, weil diese sei ihm gut bekannt. Und die beiden auf dem dritten Foto seien, der Blasse sah mit einem raschen Blick zum Stehtisch, hier.

Also wenn ich dem Navratil was von der Kraft dieser Namen erzähl, beginnt er gleich wieder zu saufen. Weil der Spargeltarzan mit seinen Einssiebzig und die Matrone mit dem Damenbart sind dann offenbar „Potenter Stecher“ und „Sie bi“.

Manchmal ist das Leben richtig traurig. Nein, korrigierte er sich, nicht das Leben ist traurig, das ist wie es ist, sondern die Statisten darin sind es mit ihren kläglichen Versuchen, sich eine Rolle in diesem anzueignen. Und da gibt's welche, die ganz großartig scheitern, was sie wieder sympathisch oder wenigstens interessant macht, aber doch bleiben jene in der Überzahl, deren Scheitern einen beim Zuschauen winseln lässt vor Peinlichkeit, wenn schon nicht vor Bedauern.

Als er auf den Tisch zusteuerte, nahm er gleichzeitig mit dem begehrlichen Blick der Matrone auf seine Oberarme den prüfenden ihres zu kleinen Männchens wahr. Wäre der ein Hund, hätte er sich bereits auf den Rücken gelegt und sich angepischt.

In der Sekunde wusste er, dass dies für ihn kein angenehmes Gespräch werden würde.

Die Matrone warf ihm einem Blick zu, der nur in Rosamunde Pilcher-Verfilmungen, und auch hier nur möglicherweise, passend wäre, und schnatterte was von so schön, dich endlich zu treffen, und nach den Bildern hätte sie ja keine Ahnung gehabt, wie groß und wie gut aussehend er sei, und dies sei der Horst, ihr Mann, der habe sich auch schon so gefreut, weil er doch endlich seine erste Bi-Erfahrung machen wolle.

Fetzer fühlte deutlich, wie alles Blut seinen Unterkörper verließ und sich in Richtung Brustkorb und Hals bewegte. Er beruhigte sich durch das methodische Anordnen der halb leeren Gläser, des Erdnussschälchens und der traurigen einzelnen Rose in einem von Giovannis Sektkübeln im Goldenen Schnitt, wobei die beiden Kreaturen zu seiner Rechten den oberen Abschluss bildeten.

Dann warf er seinen Dienstausweis auf den Tisch.

„Fetzer, Kripo. Und ihr zwaa Perversen?"

Das Männchen schrumpfte deutlich, und bei der Matrone verlagerte sich die Luft vom Busen in den Bauch.

Wenn ich denen jetzt das Foto von der Leich zeig, bin ich gspannt, wie klein das Mandl noch wird und wie fett die Wampen von der gnä Frau. Will ich das? Nein. Aber ich muss.

„Mein Angelo!" Die Matrone war untröstlich. Das Männchen auch, wenngleich nicht wegen der Leiche, sondern wegen des besitzanzeigenden Fürworts.

Und schon wieder a Beziehung im Arsch. Immer bleibt die Aufklärungsarbeit an mir hängen.

Mühelos speicherte er die Informationen über Gruber und taxierte währenddessen sowohl das Männchen als auch dessen Frau Gemahlin. Zwei-, dreimal getroffen, ein Gentleman und netter Kerl, nein, besondere Vorlieben hätte er nicht gehabt. Das mit den Schuhen und den Strümpfen verstehe sie nicht, er sei so männlich gewesen und so sehr auf sie fixiert, also wirklich auf Frauen, wenn der Kommissar verstünde. Es verstand vor allem das Männchen, wie ein Seitenblick bewies.

Wie hatte doch der Hellinger einmal so schön gesagt: „Was hab ich dir angetan, dass ich so grausam sein muss zu dir …"

Das Handy riss Fetzer aus seinen Betrachtungen über die Grausamkeit der menschlichen Natur im Allgemeinen und über die der Weiber im Besonderen.

Scheiße, verdammte. Noch a Leich.

Mit einem Blick zum Giovanni, der diesen zusammenzucken ließ, verließ Fetzer das Lokal. Zurück blieben das Männchen und die Matrone. Und das besitzanzeigende Fürwort, das, für Fetzer gleichsam sichtbar, über den beiden kreiste und sich spätestens in fünf Minuten im Hirn des Männchens einnisten würde.

Fetzer ließ sich im Taxi nochmals die genauen Daten durchgeben. 19. Bezirk, ein Institut. Was für ein Institut, zum Teufel? Weiß wieder keiner, typisch. Wohnung im zweiten Stock. Eine Frau diesmal. Soso.

Die beiden Amöben waren von weithin sichtbar. Blass standen sie zur Bewachung vor dem Eingang. Was bewachen die? Glauben die, dass die Leich wieder aufsteht und zu wandeln beginnt, oder was ist da los?

„Herr Kommissar, oben im zweiten Stock. Der Lebensgefährte ist schon da, und der Spitz auch!"

„A Leich, ihr Trotteln, hat keinen Lebensgefährten. Wer hat euch verständigt?"

Der Postler, da schau her. Weil die Tür offen war. Ein Beamter, der aus eigenem Antrieb was macht und noch dazu was Richtiges? Die Welt steht nimmer lang, Fetzer.

In der Wohnung, mit dem beigen Hintergrund der Wände konkurrierend und mit einem hellblauen, seidenen Bademantel angetan, der Lebensgefährte der Leiche. War der mit dem auf der Straße gewesen? Oder hatte er die Wohnung gar nicht verlassen? Ach, unten im Institut war er gewesen, im Bademantel, das mache er immer so. Klar, weil sonst find dich keiner in deiner Unscheinbarkeit.

Auf dem Bett die Leiche. Eine schöne Frau, bis auf die rot lackierten Ohren und den rot lackierten Mund. Keine Pumps und keine Strümpfe diesmal. Schad eigentlich, der hätten sie gestanden!

„Spitz! Geh deiner Lieblingsbeschäftigung nach und fahr ihr in den Arsch!"

Hatte der hellblaue Wicht eben gezuckt oder war das nur eine Spiegelung? Egal.

Triumphierend hielt ihm Spitz ein Pergamentröllchen unter die Nase.

„Roll's auf und geh einen Meter weg von mir gefälligst! Lies vor!"

creatura

Fetzer fluchte. Können die Geistesgestörten, mit denen ich es zu tun habe, sich nicht klar ausdrücken? Nein, sie können nicht. Was bedeutete das? Dass die Schönheit dort, zugegebenermaßen etwas verunstaltet durch die Lackierarbeiten, eine Kreatur war?

Möglich wär's. Wer sich solch ein menschliches Wiesel als Lebensgefährten hält, muss eine Kreatur sein. Und wenn auch nur im Herzen.

Mit dem war nichts anzufangen. Heulend saß er auf einem Sessel und entblößte dabei achtlos seine beigen, dünnen Beine und seinen ebenso beigen, schmächtigen Oberkörper. Klar irgendwie.

Des is heut schon das zweite Mal, dass eine Beziehung im Arsch ist.

„Spitz, bring den Schlumpf weg. Ich brauch Ruhe."

Eine kontemplative Runde durch die Wohnung ließ seine Sinne scharf werden. Tschuschenbarock überall. Also nicht nur beim Alten ein billiger Geschmack. Aber ordentlich. Wenigstens das.

Unglaublich geschmacklose Drucke an den Wänden.

Eine Bücherwand und ein Schreibtisch, lauter einschlägige Werke: Psychiatrie und Psychologie. Und Esoterik. Hätt ich mir denken können. Wie außen, so innen. Fehlende Stringenz in der Möblage und im Geist. Freud gleich neben den vorgeblichen Erkenntnissen über Engel und Geistwesen.

Apropos fehlende Stringenz. Da war doch ein Laptop. Und unten, im Institut, war sicher noch so ein Teil.

„Spitz! Wennst da fertig bist, alles was annähernd nach Computer ausschaut, einpacken und an den Navratil liefern. I geh ham. Habe die Ehre!"

Auf der Heimfahrt mit der Straßenbahn ertappte er sich dabei, dass er mit der Hand einen Rhythmus klopfte. Seltsam. Erst der Geschichtsprof, jetzt diese Klopferei. Des sollt ma sich anschauen lassen!

Fetzer lachte laut auf und bemerkte nicht, dass ihn einige Fahrgäste ängstlich musterten.

Als er in der Gumpendorfer Straße ankam, erwartete ihn bereits der Kater in der Tür.

Eilfertig bereitete er ihm zuerst sein Fressen und widmete sich danach den tröstenden Ordnungen seines äußeren Lebens.

Kapitel VII

Fetzer war ausgeschlafen und beinahe glücklich. Exakt so lange, bis ihm einfiel, dass er jetzt zwei Leichen statt einer am Hals hatte und ihm nicht im Schlaf eingefallen war, warum er noch immer an den Geschichtsprof und an den seltsamen Rhythmus denken musste.

Die Sicherheitsdirektion war auch nicht von einem der schwarzen Löcher der Gerechtigkeit verschlungen worden, der Portier las das neue ÖKM, na wenigstens was, also war der Oprieschnig am Golfplatz, oder sonst wo. Hauptsache nicht da.

Die Lichtblau hatte ihm ein Exzerpt über rote Farbe und Körperschmuck angefertigt und auf den Tisch gelegt. Fast exakt ausgerichtet, so dass ein winziger Schubs mit zwei Fingern genügte, um dieses der allgemeinen Ordnung anzupassen.

Alle Naturvölker bemalten und schmückten also ihren Körper. Wer rote Erde zur Verfügung hatte, nahm vorzugsweise Rot, nur die Kelten nahmen Blau – weil sie Färberwaid, die alte heimische Pflanze, verwendeten.

Rot war offenbar mit Krieg, Stärke, Gewalt, Macht und Sex konnotiert.

Rot waren auch die Ärsche der Paviane, wenn sie fortpflanzungsbereit waren.

Ob der Arsch der Matrone gestern wohl auch rot gewesen war?

Alle aber malten Muster – geometrische vorzugsweise.

Blut ist rot, ebenso die Mäntel der Könige und der kirchlichen Würdenträger.

Penisköcher aus Kalebassen wurden oft rot bemalt. Aha, das passte wenigstens!

Aber Ohren?

Ohren wurden gestochen, behängt, gedehnt. Aber nicht tätowiert und nicht bemalt.

Rot bedeutet allgemein auch „Stopp!“ und dient als überall verständliches Signal. Trotz der Tatsache, dass Rot-Grün-Blindheit gar nicht so selten ist.

Im alten Ägypten wurde Rot mit Seth assoziiert, dem Gott des Chaos, aber auch Beschützer der Oasen.

Rot wehrt den bösen Blick ab und treibt Dämonen aus.

Bei den Chinesen bedeutet Rot Glück und Freude.

Rotlichtmilieu, Rote Armee, Rote-Armee-Fraktion, Rotes Kreuz. Rot ist also fraglos die Liebe. Immer nur die Frage, zu was genau, oder?

So kam er nicht weiter.

Ob der Heinz schon auf war? Ein Hirn wie ein Schüttelpennal – alles war mit allem verbunden und im Unterschied zu ihm selbst sortierte Heinz nach Gemeinsamkeiten. Ein kluger Mann, den nur die Weiber und die damit verbundenen emotionalen Schieflagen aus seiner Contenance reißen konnten. Und das taten sie dauernd. Mit zwanzig wie mit sechzig, Heinz war immer auf der Suche. Und immer auf der natürlich ergebnislosen nach einer Seele in den Weibern. Oder wenigstens nach einem guten und wahren Kern. Ein Romantiker. Depressionsgefährdet. Natürlich.

Als Studenten hatten sie sich regelmäßig am Samstagvormittag angerufen und, sich eine Begrüßung sparend, den fehlenden Begriff aus dem Rätsel in der „Zeit" ins Telefon gebellt: „Wo dicke Schinken winken" evozierte so eine Gedankenkette von Serrano zur Toskana zum Schwarzwald und nach Prag.

Heinz also.

Dieser meldete sich umgehend.

Fetzer erlaubte sich eine Reminiszenz an die gemeinsamen Studententage:

„Rot, Omnis mundi creatura."

Heinz zögerte keine Sekunde:

„Die Rose … Alanus ab Insulis, Mittelalter. Seit wann hast so leichte Fragen? Und du musst anders betonen. Also so:

Omnis mundi creatura
quasi liber et pictura
nobis est, et speculum.

Schönes Versmaß, oder?

Hat noch ein paar Strophen."

Wortlos legte Fetzer auf.

Noch ein paar Strophen also. Und die erste war noch nicht einmal komplett in die Ärsche dieser Welt gesteckt.

Eine Google-Suche brachte eine sogar ausnahmsweise schöne, sinngemäße, wenn auch nicht wortgetreue Übersetzung:

Die Geschöpfe dieser Erde
sind ein Buch und ein Gemälde
und ein Spiegel unsres Seins.

Jetzt bin ich so gscheit wie vorher. Der Gruber war Kulturanthropologe, gut, und hat sich mit der ganzen Welt beschäftigt – wissenschaftlich oder mehr körperlich? Und die neue Leich, war die für ihn einfach ein Geschöpf oder im Wortsinn eine Kreatur?

Ein verrückter Philosoph, wie es scheint. Das ist ein Pleonasmus, Fetzer. Oder altgriechisch Hendiadyoin, jetzt hast endlich eine Verwendung für deine humanistische Bildung!

„Lichtblau! Personalia der neuen Leich!“

Was? Schon wieder a Akademikerin? Wenigstens diesmal eine, die was gehackelt hat, wenn auch in einem höchst fragwürdigen Bereich. Consulting und Training. Wenn die nächste Leich a Steuerberater ist, na, dann bestätigt sich wenigstens die These von „Huren unter sich“.

Horvath, Liselotte, Dr., Psychologin

Lebensgefährte Paul Meyer, Pensionist.

Was, der beige Hellblaue ist in Pension? Der war ja keine fünfzig! Staatsdiener, ehemaliger, ich wett. Bei der Blässe überhaupt. Wahrscheinlich war er mindestens Sektionschef.

Verbindung zum Gruber? Wiss ma noch nicht, warten wir auf den Navratil. Obwohl, so als Pärchen in der Szene kann ich mir die zwei gut vorstellen, er ein Nichts, sie ein Vollblutweib. Sogar als Leich.

Aber die waren keine typischen Kunden vom Blassen. Ganz andere Liga.

Schau, schau, die Frau Doktor war Beraterin bei den Blauen. „Jägersmann“-Liga also.

Burschenschafterpartie. Die Elvira hätt jetzt gesagt: Dabei ist Faschismus doch gewöhnlich die Religion des Subproletariats.

Diskutier ich ernsthaft mit einer Nuttn? Wenn auch nur in Gedanken?

Da wird's besser sein, wenn ich nach Kalksburg zum Navratil fahr. A Diskussion mit dem beschmutzt zwar auch meinen Geist, ist aber weniger peinlich.

Fetzer ließ sich ein Taxi bestellen.

Der Navratil saß in seinem Zimmer und raufte sich die Haare.

„Chef, so was Ungustiöses wie die Horvath recherchier ich ungern. Die war a echte Kreatur!"

Da hamma's, Fetzer. Und der Navratil ist einiges gewöhnt.

A richtige Rechte also. Kellnerierend an den Biertischen der Macht. Das muss er wo glesn haben, der Navratil.

Und eine Plaudertasche, die genüsslich Probleme und Sorgen ihrer Klienten halb Wien erzählt haben musste. Den gehässigen oder, im anderen Fall, anklagenden Mails nach zu schließen.

Eine Schleimscheißerin aber, wenn sie sich einen Vorteil davon versprach.

Wundert mich nicht. Jemand, der sich ohne Not mit Tschuschenbarock einrichtet, kann per se kein anständiger Mensch sein.

Na, da wird's schwer sein, den Kreis der Verdächtigen einzugrenzen.

Interessant! Der Gruber war ein ehemaliger Seminarteilnehmer. Bei einem esoterischen Abzockevent natürlich. Sogar ein Zertifikat hatte sie ihm ausgestellt.

Mehr als wohlhabend war sie auch, die verblichene Frau Doktor.

Und der Hellblaue war, wie erwartet, ein pensionierter Beamter. Keine Überraschungen in diesem Leben mehr.

Doch, eine Überraschung hatte sich der Navratil für den Schluss aufgehoben: Als Amateurdomina hatte sie sich versucht, die kleine Schlampe.

Also doch Huren unter sich.

Die einschlägigen Plattformen allerdings waren Fehlanzeige.

Aber der Mörder kennt beide. Von einem Seminar vielleicht?

Und warum lackiert er dem Gruber den Schwanz, ihr aber Ohren und Mund?

Ein Gedanke setzte sich fest und ließ sich nicht abkratzen von der Struktur der soeben eingeordneten und abgelegten Informationen. Spitz meldete sich aufs zweite Klingeln.

„Spitz schau nach, ob die Leich Sperma im Mund hat. Oder in der Muschi, aber das ist unwahrscheinlich. Ja? Sie hat? Brav mitgedacht, Spitz! Sag der Lichtblau, sie soll eine von den Amöben zum Lebensgefährten schicken, wir brauchen eine Spermaprobe, obwohl die beiden nicht übereinstimmen werden, aber seien wir lieber ordentlich. Und er soll nicht weggehen, bevor er die ned hat. Und, Spitz, die Lichtblau soll einen von den Neuen mit – wie sagt man jetzt – Migrationshintergrund schicken!“

Zwei Fliegen mit einer Klappe, Fetzer. Man tut ja für seine Mitmenschen, was man kann, oder?

„Spitz! Ist die Schlampe auch ein Genickbruch? Dachte ich mir schon.“

Spitz murmelte was von sinnloser Arbeit eines Experten, wenn der Kommissar ja ohnehin alles schon vorher wüsste, und bei der nächsten Leich werde er stattdessen gleich ins Gänsehäufel gehen. Aber Fetzer hatte bereits aufgelegt.

„Navratil, du meldest dich jetzt bei diesem ‚Café Rendezvous‘ an und schreibst a Datenbank mit den Kretins, die sich dort herumtreiben. Dann schaust, dass du die richtigen Namen kriegst, und checkst sie gegen mit den Teilnehmerlisten der Frau Doktor. Ja, was weiß ich, wie du zu den richtigen Namen kommst! Triffst dich halt mit den Leuten, hast eh zu wenig Sozialkontakte, drum saufst ja auch wie ein Loch.“

Auf dem Rückweg in die Sicherheitsdirektion fasste Fetzer zusammen:

Alles, was passiert, ist also ein Spiegel des Seins. Und diesen Spiegel zeigt uns der Mörder.

Die Horvath hört viel und red dann zu viel über das, was sie gehört hat. Ohren und Mund. Passt.

Sie ist eine Kreatur. Sagt der Navratil und genau das hinterlässt auch der Mörder in ihrem Arsch.

Und der Gruber? Vögelte der zu viel und zu wahllos mit aller Welt? Ist das die Botschaft?

Was ist das für ein Typ? Gerechtigkeitsfanatiker? Religiös angehaucht vielleicht? Weil wen stört sonst die Herumvögelei von einem Gruber, der keine Freundin und keine Frau hat und nicht einmal eine Mama.

Noch eine Erkenntnis ließ sich nicht wegdiskutieren. Das war erst die erste Zeile.

Was kam als Nächstes? Liber und pictura. Buch und Gemälde. Ein Bibliothekar und ein Maler vielleicht? Und wie viele Strophen hatte das verdammte Gedicht eigentlich?

Irgendwas übersiehst, Fetzer. Der Mörder hat noch kein Gesicht, ich hab auch kein Gefühl für den. Passiert mir sonst nicht.

Was also tun? Essen gehen zum Beispiel. Denken dabei. Gedankengebilde bauen, Strukturen und Raster. Die Unterschiede genau spezifizieren. Also zum Naschmarkt.

Ohne es auch nur im Entferntesten zu ahnen, war Fetzer der Schrecken der Gastronomen am Naschmarkt.

Seine Wutausbrüche über schlampig dekorierte Teller und nicht nach Farbkreis angeordnete Speisen und die tunlichste Vermeidung solcher Vorfälle waren mittlerweile Bestandteil jedes Einstiegstrainings für neu hinzugekommene Kellner. Neben dem Boniersystem und der Tischeinteilung wurden das Fetzer'sche Aussehen, sein Auftreten und seine Spezialwünsche eingehend trainiert. Und so galt die Referenz: „Den Fetzer ohne Beschwerde bedient" hier gleich viel wie anderswo ein Verweis auf: „Bei den 3 Husaren gelernt".

Der Chef im Toko Ri konnte es ihm gerade eben recht machen, beim UmarFisch hatte er drei Servierkörper verbraucht sowie einen Souschef, der sich geweigert hatte, den Umar-Teller nach Fetzer'schen Vorgaben zu belegen.

Der Inder sah ihn auf sein Lokal zusteuern und murmelte automatisch: Kali Ma, Kali Ma, schütze dein Kind!, und als die leibhaftige Gefahr gesenkten Blicks vorüberging, beschloss er, Mutter Kali zum Dank bei der nächsten Puja ein Huhn zu opfern.

Die diensthabende Brigade im „Deli" hatte nicht so viel Glück.

Fetzer konzentrierte sich zuerst bewusst auf den Trubel und die durcheinander schnatternden Schönen und Wichtigen, dann schaltete die absichtlich herbeigeführte Reizüberflutung automatisch seine Außensensoren ab und er begann, die exakten Wege seines inneren Gedankenlabyrinths abzuschreiten.

Wortlos gab er dem Kellner den unberührten Vorspeisenteller zurück, ebenso wortlos nahm er den optisch verbesserten in Empfang.

Ich muss denken wie der Mörder. Ich kenne also den Gruber – aber woher? – und finde sein Verhalten unerhört und bestrafenswert. Daher gehe ich zu ihm, und weil er mich auch kennt, empfängt er mich und wir vögeln. Nein, tun wir nicht. Er steht nicht auf Männer. Zwinge ich ihn? Nein, er hat keine Haltespuren und keine Abwehrverletzungen. Bin ich vielleicht eine Frau? Nur wenn ich eine russische Hammerwerferin bin. Weil ich brech ihm danach mit einem Griff das Genick.

Sind das vielleicht meine Pumps und meine Strümpfe, die ich dem Opfer anziehe?

Während der Gruber noch einen Steifen hat, lackier ich diesen rot. Dann hinterlasse ich eine Botschaft und gehe.

Die Horvath kenne ich auch. Bin ich bei ihr in einem Seminar gesessen? Dann kenne ich vielleicht den Gruber von dort. Bin ich einer ihrer Klienten, dessen peinliches und armseliges Leben sie genüsslich vor jedermann ausgebreitet hat? Oder eines der Spielzeuge der Domina? Dann hätte ich Strümpfe und Schuhe. Jedenfalls macht sie mir die Tür auf, als ich sie besuche. Auch sie wehrt sich nicht und auch ihr breche ich das Genick. Weil ich der Welt mitteilen will, dass sie eine Kreatur ist, hinterlasse ich wieder eine Botschaft. Ist das mein Sperma im rot lackierten Mund der Frau Doktor? Nein, das passt nicht.

Und jetzt suche ich mein nächstes Opfer oder hab ich es schon gefunden? Hasse ich schlechte Schreiberlinge? Das ist zu einfach, da bräuchte ich nur in die Redaktion der „Krone" zu gehen oder zu einer dieser Frauenzeitschriften.

Meine Güte wäre ich dankbar, wenn irgendein Verrückter alle miesen Kellner umbringen würde!

Mit einer nachlässigen Handbewegung wischte er den Brotkorb (unzumutbar!) vom Tisch. Das leere Glas, zu lange nicht abserviert, folgte nach.

Als der Kellner wieder beim Tisch vorbeikam, fand er nur mehr das exakt abgezählte Geldtürmchen vor. Fetzer war gegangen.

Auf dem Weg zurück in die Sicherheitsdirektion begegneten ihm der Blasse und seine derzeitige Nutte. Im Schlepptau hatten sie die Pia, heute ganz für ihr Tagesgeschäft als achtbare Gefährtin des lokalen konservativen Bezirksrates aufgemacht. Offenbar alle drei auf dem Weg zu Wein & Co.

A schöne Partie sind die, wie im Film. Die Vogelscheuche braucht Verstand, der Blasse ist eindeutig der Hund Toto und die Nuttn ist Dorothy.

Und ich bin dann wohl der Blechmann ohne Herz.

Fehlt nur mehr der feige Löwe. Na, der wird schon im Lokal warten und geistig Buch führen über die sexuellen Abenteuer seiner Madame mit zahlender Kundschaft und sich tatsächlich glücklich schätzen, dass er nicht mehr zahlen muss mit Geld. Als ob die Zahlung mit Schmerzen der Seele und des Herzens nicht teurer wäre! Aber jeder wie er will, oder? Grüßend hob er die Hand und bog in den Getreidemarkt ein.

Im Büro lag bereits der Bericht vom Spitz und, oh Wunder!, das Ergebnis der Samenprobe.

Fetzer war nicht leicht zu erstaunen, aber dieses Mal brauchte er mehrere Minuten, um sich zu fassen.

Kapitel VIII

Zwei verschiedene Männer. Einmal der beige Lebensgefährte, na, da bin ich gespannt, wie der mir das erklärt. Und der Gruber. Bloß war der zu dem Zeitpunkt schon tot.

Da glaubt man, man hat alle Verrückten schon durch und dann das. Auf alle Fälle kassieren wir jetzt mal den hellblauen Bademantel samt Inhalt. Und dann?

Fetzer war höchst unzufrieden. Mangelnde zeitliche Ordnung war für ihn noch dringlicher zu lösen und zu korrigieren als räumliche.

„Lichtblau! Schick den einen Mufti, der die Samenprobe vom Meyer gebracht hat, noch amal hin! Sag ihm, er braucht an Frosch und sie solln vor der Lisl zuerst zu mir herfahren. Jetzt, wo sich die zwaa quasi schon intim kennen, wird's ja keine Schwierigkeiten geben."

Fetzer grinste. Was der Quotentschusch wohl mit dieser Anweisung anfangen würde? Ob dem wer sagt, dass er an Arrestantenwagen braucht und nachher ins Landesgericht fahren soll? Na, das wird auf jeden Fall a Hetz.

Trotzdem hab ich immer noch zwei Leichen. Und mein Mörder hat weitere in Planung. Nix gegen schöne, ordentliche Pläne, aber alles hat Grenzen!

Liber und pictura sind also die nächsten – oder ist das einer? Mein Mörder liebt es offenbar, Dinge im übertragenen Sinn zu benennen. Hat er einen Journalisten im Visier? Buch und Gemälde könnten ja auch, auf moderne Medien angewendet, Zeitung heißen oder Magazin. Fernsehen natürlich auch und Internet. Da verdienten einige den Tod. Für mangelndes Stilgefühl und für Unzumutbarkeit der Gestaltung.

Eine Menge Aufwand treibt er. Der rote Lack, den muss er ja mit sich herumtragen. Die Pumps und die Strümpfe auch. Und jetzt Sperma auch noch? Wo hat er das zwischengelagert? In seinem Kühlschrank? Dann lebt er allein. Oder er ist Chemiker oder Laborant, dann würd's nicht auffallen.

Ich komm dir nicht näher, kein Stück.

Fetzer ordnete zum zwanzigsten Mal die Bleistifte und die Akten, aber sein Hirn versagte ihm den Dienst. Keine plötzliche Erkenntnis, nichts.

Endlich kam die Amöbe mit dem Meyer im Schlepptau.

Beide schauten gleich unglücklich, aber die Amöbe war eindeutig besser dran, denn sie durfte das Büro auf dem Fuße wieder verlassen.

Fetzer musterte den für ihn lebenden Beweis, dass der gewöhnliche österreichische Beamte erstens: ein devoter Arschkriecher, zweitens: nach wenig Arbeit in Frühpension und drittens: generell ein unangenehmer Zeitgenosse ist.

Meyer machte diesem Vorurteil auch alle Ehre: Beinahe winselnd buhlte er um die Gunst Fetzers und versicherte ihm, alle Informationen und mehr zur Verfügung zu stellen.

Mehr? Bei dem schleimigen Typen war das eine Drohung. Fetzer schnaubte.

„Wie heiß ma genau? Chaim Meyer? Oder Jossele? Ein Meyer mit e und Ypsilon ist Textilgroßhändler im zweiten Bezirk. Oder Diamantenhändler. Und damit a Jud. Wann hamma das ‚Paul' erfunden? Wie ma die Frau Doktor mit der rechten Gesinnung kennenglernt ham, oder wie? Also. Wie war das gestern genau?"

Die Erwähnung der unsanft aus dem Leben Beförderten ließ den gesamten beigen Beamtenkörper erzittern.

Er sei gestern wie immer gegen acht ins Institut hinuntergegangen, die Buchhaltung machen und ein Seminar vorbereiten. Die Lise hätte noch geschlafen. Erst die Polizei habe ihn dann im Institut verständigt, und da sei er gleich hinauf in die Wohnung. Mehr wisse er nicht. Gehört oder gesehen habe er sowieso nichts.

Natürlich nicht. Alte Beamtengewohnheit wahrscheinlich, das legt man auch in der Pension nicht ab.

„Wann hast das letzte Mal Oralverkehr gehabt mit deiner Lise?“

Die Empörung des Unschuldigen war dem Meyer ins Gesicht, aber die Schuld ins Kreuz und in den Rücken geschrieben. Ein bisschen zu schnell und ein bisschen zu sehr aufrecht gesetzt. Fetzer lächelte milde. Immer dasselbe. Mit dem Gsicht lernen s' lügen, aber der Körper erlernt's nie.

„Du, Chaim, entweder du legst jetzt nieder oder ich lass dich ein bissl auf Urlaub schicken, zu den Jungs in Stein, die mögen so zarte, weiche Ärsche wie den deinen, weil deine Lise hat Sperma im Mund gehabt, und zwar von dir.“

Aber Meyer legte nicht nieder, sondern wurde nur noch beiger und zitterte.

Nie habe er Oralverkehr gehabt mit seiner Lise, das hätte sie abgelehnt als anständige Frau, und er habe dies natürlich respektiert.

Und jetzt sage er gar nichts mehr ohne seinen Anwalt. Fetzer sah ihn nur an und wartete.

Wie immer hatte seine Taktik Erfolg.

Wenig später schickte er das Häufchen Elend nach Hause.

Fetzer sortierte seine Gedanken.

Der Mörder war er jedenfalls nicht. Zu zart, zu schwach. Und zu wenig kriminelle Energie, trotz seines ehemaligen Beamtentums. Und zu wenig Intelligenz, gerade wegen seines Beamtentums.

Um zehn ist er also nach oben gegangen, weil er etwas fragen wollte wegen des Seminars und die Lise nicht abgehoben hatte. Das muss der Navratil genau überprüfen, was der wann am PC gemacht hat!

Gewundert hat er sich, dass die Tür nicht verschlossen war, aber angenommen, dass er selbst es vergessen hatte vorher.

Im Bett hat er sie gefunden. Tot. Schockiert und außer sich war er.

Nach einiger Zeit hat er dann die Polizei gerufen. Brav.

Aber so eine kranke, perverse Sau. Wichst der Leich in den Mund, weil er endlich einmal Gelegenheit hat. Die Rache eines Devoten an seiner Domina.

Zwei Stunden Zeit also für den Mörder, zu kommen und zu gehen.

Und viel zu viele Stunden seither, in denen er sich sein neues Opfer suchen kann.

Ich überseh noch immer was. Und komm dir keinen Schritt näher.

Fetzers Bedarf an Perversen war für heute gedeckt. Er begab sich direkt nach Hause und ersparte sich die trinkende Klasse im „Roten Hund“. Vor allem der Damenbart tragenden Matrone könnte er jetzt keinesfalls ohne Schaden für sein Seelenheil und seinen Schönheitssinn begegnen. Fetzer, es ist unglaublich, wovor du Angst haben kannst als erwachsener Mann.

Die tröstlichen Rituale des Ordnens nahmen an diesem Tag längere Zeit in Anspruch als gewöhnlich.

Kapitel IX

Der nächste Tag fand Fetzer in immer noch miserabler Laune.

Die ihren Tiefpunkt erreichte, als er beim Betreten der Sicherheitsdirektion der Zeichen gewahr wurde, die erstens auf die Anwesenheit von Oprieschnig und zweitens auf irgendeinen hochoffiziellen Besuch hindeuteten.

Eifrig studierte der Portier die Gewerkschaftszeitung. Die Amöben gingen im Bereitschaftsraum ihrer wohl schwierigsten Beschäftigung nach: Sie übten einen zu jeder Zeit bereiten Gesichtsausdruck und taten so, als ob sie Akten studierten, Protokolle tippten oder gaben sich sonst einen Anschein sinnvoller Beschäftigung. Niemand hatte das übliche Frühstück auf dem Schreibtisch stehen und alle trugen, völlig unüblich im Büro, ihre Uniformjacken.

Oprieschnig hatte mehrmals die Order ausgegeben, keinen seiner Beamten müßig herumsitzen sehen zu wollen. Dabei wäre müßiges Herumsitzen durchaus förderlich für das Ordnen der Gedankengänge, für das Durchspielen von Szenarien und für das Planen von

Aktionen – aber bitte sehr, wenn der Herr Kriminaldirektor meint …

Wenn jetzt der Spitz seinen Leichen quasi die Zehennägel lackiert hat, dann ist der Minister im Haus, und wenn er s' nur frisiert hat, ist's der Bürgermeister.

Sogar die Lichtblau studierte Akten und tat überrascht, als er ins Zimmer trat.

Wortlos stellte er sich mit verschränkten Händen vor ihren Schreibtisch und verharrte dort, bis die Lichtblau entnervt den Aktendeckel zuschlug und zurückstarrte.

„Herr Kommissar, ich kann nichts dafür, ehrlich, aber Sie müssen in zehn Minuten im Seminarraum sein, heute beginnt doch die Fortbildung!"

Die Fortbildung. Die Berliner Kollegen. Ein Schippel geistesgestörter Polizeipsychologen wahrscheinlich. Inklusive Selbsterfahrung! Daher also die bemühte Mimikry des gesamten Polizeikörpers.

Fetzers Laune sank auf die Tiefe des Marianengrabens, was Lichtblau, die dies aus langer, leidvoller Erfahrung an der schwach pulsierenden Ader an seiner Schläfe festmachen konnte, innerlich den Sermon gegen die Angst rezitieren ließ:

Ich darf keine Angst haben.
Die Angst tötet das Bewusstsein.
Sie führt zu völliger Zerstörung.
Ich werde ihr ins Gesicht sehen.

Sie soll mich völlig durchdringen.
Und wenn sie von mir gegangen ist,
wird nichts zurückbleiben.
Nichts außer mein Selbst.

Aber Zitate aus Büchern helfen nicht gegen die Realität. Nicht, wenn diese in Gestalt eines Fetzer daherkommt.

„Während ich, hör mir gut zu, Lichtblau! Während ich jetzt in ein völlig vertrotteltes Seminar gehe und mir dort den Arsch wund sitze und mir die Ohren bluten werden ob des Schwachsinns, der dort verzapft wird, wirst du zum Navratil fahren und gemeinsam mit ihm die Recherchen bei den Perversen angehen. Ihr zwaa werds unter denen nämlich ned auffallen, schiach und deppert, wie ihr seids."

Ohne eine Antwort abzuwarten, verließ Fetzer das Büro.

Der Seminarraum im Erdgeschoß war bereits gut gefüllt und vorne standen die superwichtigen Berliner. Fetzer suchte sich einen Stuhl in einer der hinteren Reihen, konnte jedoch nicht verhindern, dass ihn einer der Vortragenden begrüßte und herzlich einlud, sich einzulassen auf alles, was auf ihn zukommen würde. Er bedachte ihn mit einem tödlichen Blick, setzte sich und schaltete auf Autopilot. Augen offen halten, regelmäßig atmen – und abwesend sein.

Die Unterschiede der beiden Leichen materialisierten sich als Bilder vor seinem geistigen Auge. Ein Mann. Eine Frau. Er ohne jeden Anhang, sie mit einem beigen Lebensgefährten. Er mit rot lackiertem Schwanz, sie mit rot lackierten Lippen und Ohren. Er mit Pumps und Strümpfen, sie ohne. Er mit Geschmack, sie zweifellos ohne. Er Teilnehmer an einem Seminar, sie Vortragende. Er auf eindeutigen Plattformen, sie nicht. Es gibt etwas, das euch beide eint. Ich weiß nur nicht was.

Im Geiste ging er die Horvath'sche Wohnung ab. Bücherregale und Nippes überall. Nicht die gleichen Bücher wie beim Gruber, wenn irgendwo Kunst, dann ausgesprochen geschmacklos und gefällig. Aber sonst: Ordnung.

Vorne referierte der Berliner Kollege über Abgrenzungen zwischen Borderline, Schizophrenie und bipolaren Persönlichkeitsstörungen. Mangelnde Impulskontrolle, insbesondere unkontrollierte Wutausbrüche, extreme Stimmungsschwankungen, Schwarz-Weiß-Denken, Identitätsstörung beim Borderliner, im Gegensatz zu länger andauernden psychotischen Wahnvorstellungen beim Schizophrenen und abwechselnden Phasen bei den Bipolaren. Interessant aus polizeilicher Sicht seien nur die aggressiven Phasen. Hier könne man …

Mein Mörder ist bis jetzt ziemlich klar, er kann schreiben, lesen, ist gebildet, verpackt seine Botschaften in mittelalterliches Latein und erwartet, dass diese jemand versteht. Jeder will, dass seine Botschaften verstanden werden.

Moment.

Fetzer drängte sich im Hinausgehen eilig an den Kollegen vorbei, bemerkte aber deren Unmut gar nicht.

Im Büro legte er ein weißes Blatt vor sich hin und begann eine Mind-Map zu zeichnen. Er war ausnehmend guter Laune.

„Mörder“ kam in die Mitte.

Ein Ast für Bildung, einer für Kontakte, einer für Zeichen.

Bist du gebildet und hattest du mal Latein oder liest du nur gelegentlich was?

Du willst, dass man dich versteht – wer soll dich verstehen? Ich. Dein Kommissar. Sprechen nicht alle Täter durch die Zeichen, die sie setzen? Zumindest die, die nicht im Affekt handeln. Denn ihr wollt etwas mitteilen. Weil euch keiner zugehört hat.

Wie kann der Täter sicher sein, dass ich – also die Polizei – diese Zeichen verstehe? Kann er nicht.

Was, wenn der ermittelnde Polizist die übliche Bildung hat und daher den Unterschied zwischen dem Original und der Übersetzung aus dem Internet nicht versteht? Dann machen die Teile des Reimes nämlich keinen Sinn im Hinblick auf die Ordnung der Leichen. „Omnis mundi creatura“ heißt zwar, der Schönheit der

Sprache wegen, im Deutschen: „Die Geschöpfe dieser Erde“, aber von einem ehemaligen Lateinschüler übersetzt „Der ganzen Welt Geschöpfe“. Das habe ich automatisch getan und so die Verbindung zur Gruber'schen Vorliebe für nicht diskriminativen Geschlechtsverkehr oder aber auch zu seinem Studienfach gezogen.

Hätte ich keinen Navratil, der wie ein Maulwurf die Geheimnisse der Menschen aufwühlt, nur um das Böse an sich zu finden, könnte ich keine Verbindung zwischen „Kreatur“ und Horvath herstellen. Entsteht dies alles erst durch meine Interpretation, habe ich ein völlig falsches Bild vor Augen? Auch wenn es so sein sollte, macht das nichts. Dann nehmen wir eben das positive Bild und entfernen es – zurückbleiben muss das Negativ, das dann eben die Lösung ist.

Du willst verstanden werden und du willst, dass die Welt dir recht gibt. Daher äußerst du dich. Außer mir und ein paar anderen Leuten hat aber niemand deine Zeichen gelesen. Die Zeitungen hat der Oprieschnig bewusst draußen gelassen, weil ja bald Wahlen sind in Wien, und da braucht keiner einen frei herumlaufenden Serienmörder, der die Sicherheit der wählenden Pensionisten scheinbar gefährdet, sodass sie mit zitternder Hand dann ihr Kreuzl an der falschen Stelle machen!

Bildung also: zumindest Mittelschule, vielleicht Matura, wer weiß, vielleicht gar ein Studium? Irgendwoher kennst die Horvath und den Gruber und irgendwoher weißt, was die so getrieben haben.

Na, bei der Horvath, der Kanaille, ist's halbwegs klar: Die hat allen alles erzählt. Und weil der Gruber auch bei ihr im Seminar war, hat sie dir vielleicht was von ihm erzählt. Aber warum hat dich das gestört? Bist du religiös? Dann hättest religiöse Symbole verwendet, wahrscheinlich.

Oder du warst an einer katholischen Schule, das würde das Latein erklären und deine puritanische Haltung. Aber dann wundert mich, dass du nicht schwul bist. Oder bist du einer von den verkappten Schwulen, die extrem homophob daherkommen? Das wäre eine Erklärung für die Wichsgeschichte vom Gruber und für die Pumps und die Strümpfe.

Fetzer ordnete mechanisch, aber akribisch seinen Schreibtisch.

Wer ist der Nächste? Ich denke an einen Journalisten oder an einen Fotografen. Einen, der über die Kriegsschauplätze der Welt berichtet, wennst mich fragst. Weil so einer verdient sein Brot mit dem Tod anderer Leute, je grausiger, desto besser. Ohne so einen gäbe es weniger Heldentum und weniger Sensationen. Das muss dich doch stören?

Der Zweig „Zeichen“ war noch immer leer.

Jetzt keine Interpretationen, Fetzer. Rot ist einfach amal rot. Ohne Konnotationen, weil die können entweder christlich oder naturreligiös sein. Oder sonst was.

Das Papierl im Arsch löste eine Assoziationskette aus: Irgendwer ist im Arsch, Federvieh stopft man zu den Festtagen mit eine Fülle aus Semmeln und Gewürzen und der Vorgang an sich ist absolut demütigend. Oder einfach nur praktisch, denn wo sonst ließe sich ein Papierl so sicher verwahren und wo sonst würde es so sicher gefunden werden.

Halt. Das stimmt nicht. Nur weil der Spitz die Obsession hat, dass jeder Mord, den er zur Spurensicherung kriegt, auch noch irgendein sexuelles Motiv hat, heißt das nicht, dass ein anderer auch so genau gewesen wäre beim Nachschauen.

Arrangierst du das etwa speziell für uns?

Na dann stelln wir uns mal blöd und zwingen dich, etwas weniger obskur zu sein.

Wo stellt man sich am besten blöd? Bei jemandem, der alles weitertratscht, und zwar mit Genuss.

Der Blasse ist ja der ideale Kandidat, allerdings hab ich keine Lust, mir in den nächsten Wochen das blöde Gerede der bei ihm trinkenden Troglodyten anzuhören.

So beschloss Fetzer, sich für die Polizeiarbeit aufzuopfern und machte einen Termin bei Madame Pia aus. Dies vor allem aufgrund der Tatsache, dass sie Zugang zu allen möglichen Kreisen hatte und ihr loses Mundwerk wohl bei keinem ihrer gesellschaftlichen oder geschäftlichen Kontakte zu halten vermochte.

Als er die Treppe hinunterging, erklärte der Dozent im Seminarraum gerade die Grundzüge der unterstützenden Kommunikation für Borderliner: Support – Empathie – Truth. SET-Kommunikation. Etwas, das wohl bei seinem nächsten Termin weder gefordert, noch gegeben werden würde.

So einfach war das Leben für eine Madame Pia und ihre Kunden. Gefordert wurden bloß ein gewisser Überdruss an den kleinen Freuden des Lebens und ein gesunder Ekel vor der eigenen Person, und gegeben wurden in aller Regel 200 Euro. Ein fairer Tausch. Für die Madame.

Das Studio in der Breitenfurter Straße war leicht zu finden: Das Haus hatte schon bessere Zeiten gesehen, und zwar zuletzt in den 60er Jahren, ein ungepflegter Vorgarten, eine abgescherte Haustür und ein flackerndes rotes Licht über dem Eingang. Wie außen, so innen.

Pia empfing in Lack und mit strenger Miene.

„Hast die Erlaubnis von der Madame Sadona, dass du zu mir kommen darfst?"

Fetzer war gleichzeitig verwirrt und unendlich erleichtert. Den Arbeitsnamen der Elvira hatte er ja schon beinahe vergessen gehabt! Er stammelte irgendwas von „nachholen“ und „tut mir leid, Madame“ und gab sich gebrochen von Schuld.

Pia verbat sich, wie vorauszusehen, jeglichen sexuellen Kontakt, erlaubte ihm aber großzügig, die Stunde mit Reden zu verbringen. Zu ihren Füßen.

Fetzer fantasierte von schwierigen Ermittlungen in zwei Fällen, wo ein völlig Verrückter unverständliche Botschaften hinterlassen hätte. Er räsonierte über die stockenden Ermittlungen und die Schwere der Polizeiarbeit im Allgemeinen. Außerdem hätten beide Opfer Kontakte zur Halbwelt gehabt.

Zu Madames Füßen sitzend spürte Fetzer trotz äußerster Disziplin eine gewisse Erregung.

Wütend über sich selbst und seine Schwäche verabschiedete er sich von Madame Geschäftstüchtigkeit.

Auf dem Rückweg beschloss er, Elvira beim nächsten Mal Blumen mitzubringen.

Zurück in der Sicherheitsdirektion nutzte Fetzer eine Seminarpause, um sich unbemerkt wieder auf seinen Platz zu setzen.

Der Vortragende war gehörig verwirrt, konnte aber offenbar nicht genau festmachen, was jetzt anders war als vorher.

Bürscherl, ein guter Ermittler findet Unterschiede und hat einen Blick für Details. Du bist offenbar keiner, denn sonst würdest hier nicht hirnwichsen, sondern auf den Straßen Berlins die dortigen Verrückten fangen.

Jetzt redet der auch noch von krimineller Energie. Der Borderliner hat eine, neigt aber eher zur Selbstverletzung. Soso. Der Schizophrene hat auch eine, aber unbewusst. Ist nicht wahr, tatsächlich? Und der Bipolare hat ebenfalls eine, jedenfalls in der manischen Phase. Auf den müssen wir also unser Augenmerk richten.

Junge, wenn ich dir was sagen tät, dann, dass jeder kriminelle Energie hat. Dazu braucht's nur eine Gelegenheit und nicht einmal ein Motiv. Mangelnde Impulskontrolle reicht völlig. Manche stehlen anderer Leute Geld, die nennt man Banker, Finanzberater und Politiker. Andere stehlen einem die Lebenszeit, die nennt man den Rest der Bevölkerung. Aber die Ärgsten stehlen dir die Seele und das, was von deinem Herzen übrig ist. Aus, Fetzer, darüber denken wir weder jetzt noch später nach.

Worüber denken wir dann nach? Wie schnell die Pia die Neuigkeiten weitertratscht und an wen.

Der Blasse wird's als Erster erfahren, wahrscheinlich, danach die Nutten im Lokal. Schließlich die Kunden der Madame.

Bin gespannt, ob der Navratil und die Lichtblau schon was haben. Die sollen sich zum Naschmarkt bewegen und im „Tewa“ warten.

Während er der Lichtblau eine SMS schrieb, diskutierten der Vortragende und die Kollegen über das Wesen und den Einfluss von Persönlichkeitsstörungen auf Tathergänge und Tatorte.

Dieser Ansatz postulierte, dass es Täter mit und ohne Persönlichkeitsstörung geben müsse. In weiterer Folge hieße das dann wohl, dass die Affekttäter normal waren und die Planer nicht, oder?

Wie viele normale Mörder habe ich kennengelernt? Keinen. Nette und sympathische, ja. Aber normal? Andererseits habe ich ja nur die kennengelernt, die ich gefasst habe – weil sie schlampig waren. Sind also die anderen Gestörten ordentlich, so dass ich sie nie gefunden habe, weil sie keinen Fehler gemacht haben?

Wird mein Mörder einen Fehler machen? Sicher. Er ist zu plakativ. Mit zu viel Herz bei der Sache, bei all dem Aufwand, den er betreibt. Aber er ist sanft zu seinen Opfern. Bis auf den Genickbruch natürlich. Fetzer schlug sich mit einer Hand auf den Schenkel. Keine Wut. Das ist es.

Du bist nicht wütend.

Konsterniert sah ihn der Vortragende an und Fetzer wurde bewusst, dass er den letzten Satz laut gesprochen haben musste. Eilig verließ er den Seminarraum.

Lichtblau und Navratil saßen bereits im „Tewa“ und unterhielten sich. Er nutzte die Gelegenheit zur Beobachtung. Zweifellos waren sich die beiden nähergekommen. Kopf- und Sitzhaltung zeigten dies klar, und der Navratil hing ein bisschen zu sehr und zu lange an den Lippen seiner Kollegin. Da! Sie strich sich das Haar mit einer Hand hinters Ohr und neigte dabei den Kopf. Kinder!

Na, wie singt der Heller Franzi so treffend: Es heißt, die Zeit heilt alle Wunder.

Wird auch hier nicht anders sein.

Grußlos ließ Fetzer sich auf dem Barhocker nieder und die beiden Turteltauben korrigierten umgehend ihre Körperhaltung. Das sollte wohl gelangweilte oder lässige Erwartung darstellen, oder wie?

Navratil rettete sich in einen umfangreichen Rechercheberich. Und Lichtblau in zustimmendes Nicken.

Die Auswertung des Mailverkehrs und die Online-Aktivität Grubers hätten zu einem klaren Anforderungsprofil geführt. Daher hätten sie ein Inserat auf mehreren Plattformen veröffentlicht, das auf jeden Fall die Vorlieben jener Paare ansprechen musste, die Gruber getroffen hatte.

Beinahe sofort hatten sich mehrere Paare gemeldet, unter anderem auch die bereits bekannten drei.

Ob dabei auch Seminarteilnehmer oder Klienten der Horvath dabei waren, konnte noch nicht gesagt werden, aber das werde man feststellen, wenn man alle getroffen habe und Telefonnummern ausgetauscht haben würde.

„Navratil, schraub deine Begeisterung zurück. Wart, bis du diese Freakshow gesehen hast. Und erspar mir Details! Namen und Telefonnummern will ich! Wann treffts die Ersten? Morgen schon. Gut so. Habe die Ehre!“

Fetzer verließ das Lokal. Zurück blieben ein Gebilde aus kleinen Münzen und ein nicht berührter weißer Spritzer sowie zwei Kriminalbeamte, von denen Fetzer überzeugt war, dass sie sich auf Abwegen befanden, die sie gleichermaßen unendlich aufregend wie absolut ablehnenswert fanden.

Auf dem Heimweg dachte er an Elvira, konnte sich jedoch nicht erklären, wie diese sich in den Vordergrund seines Gedächtnisses hatte schieben können.

Der Kater erwartete ihn schon, ebenso die zu überprüfende Ordnung seines Lebens. Beinahe wütend machte er sich an das exakte Ausrichten der Tassen und der Teller. Der Elvira-Gedanke wollte nicht verschwinden.

Kapitel X

Fetzer erwachte mit bohrenden Kopfschmerzen. Fetzen eines unangenehmen Traums hatten sich in seinen Gehirnwindungen verfangen, wollten sich jedoch weder beschreiben noch erklären lassen.

Missmutig kochte er sich Kaffee, streichelte abwesend den Kater und blätterte abwechselnd lustlos in den beiden Büchern, die er derzeit las. Umberto Ecos „Über Spiegel und andere Phänomene“ hatte ihm vor einigen Tagen ganz offensichtlich sein Unbewusstes empfohlen, die Verbindung zu „speculum“ war einfach zu sehen.

Wenig konzentriert musste er eine Stelle mehrmals lesen, um den Sinn zu erfassen. „Die genannten Fälle bringen eine intertextuelle Enzyklopädie ins Spiel: Wir haben Texte, die andere Texte zitieren, und die Kenntnis der zitierten Texte ist Voraussetzung für den Genuss des zitierenden Textes.“

Wie du, mein unbekannter Mörder. Auch du zitierst, aber ich weiß nicht woraus. Aus einem Film? Einem Buch? Oder nur aus deiner Erinnerung?

Warum er aber gestern das zweite Buch wieder aus dem Bücherregal geholt hatte, konnte er auch nach genauester Erforschung seines Bewusstseins nicht sagen. Schon der erste Satz in Neil Gaimans „Stardust“ genügte, um in seiner visuellen Erinnerung, unbestechlich und präzise wie immer, Seite um Seite als lesbares Bild entstehen zu lassen: „There was once a young man who wished to gain his Heart’s Desire.“

Suchst du das, was dein Herz am meisten begehrt? Ich suchte, dass man mich verstünde. Ist es das?

Willst du, dass man dich versteht?

Widerwillig begab er sich erst ins Bad, dann ins Büro.

Er hatte völlig verdrängt, dass heute Tag zwei der Fortbildung war. Der Seminarraum war bereits voll, er bekam gerade noch einen Platz in der letzten Reihe und wollte soeben beginnen seine Gedanken weiterzuspinnen, als der Vortragende dazu aufrief, sich bequem hinzusetzen, nur mehr seiner Stimme zu folgen und sich auf eine Reise zu begeben. Verflucht, die Selbsterfahrung.

Fetzer gab vor, einen Telefonanruf zu erhalten, und verließ umgehend den Raum.

Ein Blick auf die geordneten, wenn auch noch nicht abgezeichneten Akten war tröstlich und so konnten sie als Entschuldigung für ein weiteres Fernbleiben dienen. Kein Beamter hat untätig zu scheinen, war das nicht das, was Oprieschnig immer verlangte? Na, dann würde er eben tätig scheinen, oder?

Beherzt machte er sich an das Querlesen und Unterzeichnen der einzelnen Protokolle und Schriftstücke. Ordnete danach die Bleistifte, die Grünpflanzen und damit seinen Geist.

Bis drei war noch Zeit. Dann würde der Blasse sein Lokal aufsperren, wenn auch nur für das Einräumen der Getränke. Fetzer beschloss, auf den Naschmarkt zu gehen.

Der Naschmarkt, Fetzer, ist eine Miniatur des Lebens. Hässlichkeit existiert neben Schönheit, Ordnung, meist sichtbar vorne, geht in Unordnung, ja Chaos über, direkt dahinter. Die Farben und Formen überfluten das Auge und schärfen den Blick für die wesentlichen Unterschiede.

Die Türken. Oberflächlich freundlich, intensiv verfeindet mit den Serben. Liebevolle Warengestaltung, perfekt geordnetes Obst und Gemüse. Die Zigeuner aber erkennst immer. Unterschwellig unordentlich, nur für den Blick des Kenners merkbar. Die Pakistani und Inder. Fetzenstandln mit unglaublich kitschigem Display.

Im Nebengang die Fressmeile. Terrain der In-People und derer, die sich dafür halten. Die Kellneriertiere übernachtig und durch natürliche Auslese entweder studiert und im Eck, oder Häuslratzen und im Eck. Nur so war die Klientel hier zu ertragen wahrscheinlich.

Auf der Höhe des „Alten Cafés“ ging er unwillkürlich schneller. Die Renovierung hatte mit dem Mobiliar auch die übliche Stammkundschaft entfernt, eine Beleidigung für jeden vernünftigen Menschen, der die Mischung aus Gulaschgeruch, Huren, Übriggebliebenen und Marktfieranten noch gekannt hatte.

Im „Toko Ri“ aß er zu Mittag und wunderte sich, wie jedes Mal, über die Anpassungsfähigkeit der dortigen Kellner. Keine Spur asiatischer Höflichkeit mehr, stattdessen klassischer Grant wie im nächstbesten Wiener Kaffeehaus. Imitieren aber auch alles, diese Japsen. Nächstens servieren s' wahrscheinlich in der Krachledernen und im Dirndl.

Das Essen? Passabel.

Endlich drei. Pünktlich wie immer stand der Blasse vorm Lokal und lud Weinkisten aus einem Lieferwagen. Und vorhersehbar wie immer bediente er Fetzer umgehend und versorgte sein Gehirn durch die mechanische Bewegung der Kiefermuskulatur mit Sauerstoff.

Wenn der nicht pausenlos redet, stirbt er wahrscheinlich. Hätt Friseur werden sollen. Aber deswegen war er ja da.

Der Blasse sprach von der Ungeheuerlichkeit der Morde in bester Gesellschaft – ein Verrückter sei das, er wisse aus sicherer Quelle, dass der kryptische Botschaften hinterlassen habe, außerdem seien einige seiner besten Kunden, ganz feine Herrschaften übrigens!, jetzt sehr in Sorge. Ob der Herr Kommissar was Genaueres sagen könne?

Dass mir dein Kellner fehlt wie einem andern sein Hunderl, weil der hat erstens genauer gearbeitet und zweitens sei Goschen ghaltn.

Stattdessen aber fragte Fetzer nach, welche Herrschaften denn genau und welche spezifischen Sorgen denn – die wegen der drohenden Hepatitis oder die wegen des eigenen Lebens?

Aber der Blasse war in dieser Sache unentschieden und letztendlich ratlos.

Fetzer fühlte, und das war immerhin schon was, Langeweile.

Die menschliche Natur ist kein Rätsel, und vor allem nicht die der anderen. Der Blasse hatte sich, wie die meisten Menschen, den Beruf ausgesucht, der am besten zu ihm passte.

In seinem Gewerbe konnte er so viele Kontakte zu Leuten haben, wie er wollte. So oberflächlich, wie es ihm angenehm war, und so tiefgehend, wie er es manchmal haben wollte. Aber immer wurde er dafür bezahlt und immer konnte er sich darauf ausreden, es ja nur wegen der Kohle zu tun. Freundlichkeit gegen Geld, mit der Beigabe Informationen aus anderer Leute Leben. Wer nicht genug Sozialporno geboten bekommt, muss die Nachmittagsserien schauen. Oder Wirt werden.

Fetzers Bedarf an Sozialporno war normalerweise jeden Tag um halb neun bereits gedeckt und zu Mittag übererfüllt.

Langsam trafen die Trinker ein. Auch hier gibt es mannigfaltige Unterscheidungen: Da sind die, die gewohnheitsmäßig trinken, die kommen um die Uhrzeit das erste Mal, auf einen Sprung, wie sie sagen, und füllen ihr Quantum nach, bevor sie noch ein, zwei Termine wahrnehmen.

Dann gibt es die Traurigen und Verzweifelten, die die innere Leere ihres Seins mit Hilfe von Alkohol in Lebenssinn verwandeln wollen. Oder in Liebe. Die kommen später oder ganz spät, trinken still, aber stetig und werden dann entweder sehr laut oder sehr leise.

Und dann sind da noch die, die den Alkohol als Mittler brauchen, um mit ihren Mittrinkern überhaupt in Kontakt zu kommen. An ihren Gläsern festgeklammert, erwerben sie so die Berechtigung, zwanglos ein Gespräch mit Fremden zu beginnen.

An der Bar und an den paar Stehtischen standen Grüppchen und dazwischen einzeln die Traurigen und die Verrückten. Im Hintergrund sang Christian Anders „Oh Maria, ich habe dich lieb", inbrünstig unterstützt von der Runde, die ihre Gespräche beinahe absichtslos für den Refrain unterbrach.

Fetzers linker Nachbar hielt einer Unbekannten, ohne sich von deren geistiger Abwesenheit stören zu lassen, einen Vortrag über Valenzelektronen.

Elektronen also, die sich an Bindungen beteiligen können, es aber nicht müssen, hängt von deren Zustand ab. Ich möchte zu gern wissen, ob die geistige Abwesenheit der Unbekannten ihrer Unfähigkeit entspringt, dem Thema rein technisch zu folgen, oder ob sie in dem Bild einen Spiegel ihres Lebens entdeckt und deswegen geistesabwesend ist. Schon wieder Spiegel also.

Die Runde der Trinker hatte nach und nach gewechselt und intonierte jetzt mit Wolfgang Petry „Du hast mich tausendmal belogen“. Zwei Männer umarmten einander in stillem Einverständnis.

Hinter ihm waren zwei Männer in ein Gespräch vertieft, dessen grausame Schönheit Fetzer überraschte. Die zwei sind hierhergeworfen wie Perlen vor Säue. Verirrt.

„Was sagt man einem Kind, das fragt, was Liebe ist und warum Liebeskummer so weh tut?“ fragte der eine.

„Die Frage scheint ja nicht zu sein, was Liebe ist, sondern wie man mit Liebeskummer umzugehen hat“, antwortete der andere.

„Ganz einfache Antwort: Man bringt sich um.

Kurz bevor man es tut, überlegt man noch einmal, ob es wirklich so gescheit ist. Dann schummelt man. Man tut und denkt so, als hätte man sich umgebracht, und fangt an, die Welt neu zu sehen – ohne das Mitsehen für den anderen. Man sieht eine Welt ohne den anderen."

Umbringen kannst dich auf vielfältige Weise, gell Fetzer? Du kannst dich zum Beispiel langsam wegräumen, indem du dich der Einsamkeit bewusst aussetzt unter lauter innerlich leeren Gestalten. Unwillkürlich sah er auf. Wie du da.

Die Dunkle mit den wissenden Augen war gekommen. Im Schlepptau einen Typen, dessen Farblosigkeit mit dem allgemeinen Hintergrund konkurrierte – und gegen diesen verlor. Und mit ihnen, deutlich nervös, der Navratil und die Lichtblau.

Fetzer bedeutete den beiden erst stumm, dass sie einander nicht kannten, und stellte sich dann bei nächster Gelegenheit an den Nebentisch.

Die Runde der Trinker grölte „Wahnsinn, warum schickst du mich in die Hölle", als Fetzer den abschätzigen Blick der Dunklen spürte, der über seinen Körper und über sein Gesicht wanderte.

Der Stich, den er dort spürte, wo andere ihr Herz wussten, Fetzer aber nur eine schwarze Masse vermutete, traf ihn so unvermutet, dass er ihr zulächelte.

Es dauerte Minuten, bis er sich auf das Sondierungsgespräch der beiden seltsamen Paarungen konzentrieren konnte.

Kapitel XI

Austausch von Höflichkeiten. Austausch von Vornamen. Austausch von Erlebtem beim Treffen mit anderen Paaren. Gemeinschaftliches Kopfschütteln über Unhöfliche, Ungepflegte und allgemein Hässliche. Dann ein zartes Vortasten zu den Vorlieben. Geist- und witzlos. Alle drei. Die Dunkle hörte nur zu und lächelte gelegentlich die Lichtblau an.

Als der Navratil sich kurz entschuldigte, fingierte die Lichtblau einen Telefonanruf und stellte sich vors Lokal – ganz offensichtlich wollte sie keine Minute mit den beiden alleine sein.

„Und? Nehm' ma s' mit?", fragte der Farblose die Dunkle. Achselzucken.

„Mir egal. Sie is scharf und er interessiert mi ned."

„Di interessiert überhaupt niemand und nix!"

„Doch, mi tät interessieren, ob's wen gibt, der mi ned nach einer Zehntelsekunde tödlich langweilt oder vor dem i wenigstens Angst hab."

Sie sah Fetzer an und lächelte nicht.

Fetzer beschäftigte sich intensiv mit der Zitronenscheibe in seinem Glas. Drei Kerne. In einem französischen Film würden wir beide jetzt einfach unsere Sachen nehmen und gehen. Bis ich merken würde, dass sie mich nicht wirklich liebt, weil sie merken würde, dass ich ein Arschloch bin.

Navratil kam von hinten zurück und platzierte seine Pfote auf dem Arsch der Dunklen. Diese hob nur leicht eine Augenbraue und suchte den Blick der Lichtblau, die ihr fiktives Gespräch beendet hatte.

Endlich gelang es dem Navratil, das Gespräch auf die Morde zu bringen. Nein, den Gruber hatte keiner von ihnen gekannt. Aber die Horvath, wenn auch nur beruflich. Allerdings sehr flüchtig. Aber die flüchtige Bekanntschaft reichte, um sicher sein zu können, dass die Horvath mehr Feinde gehabt haben müsse als andere Leute Haare auf dem Kopf.

In der Firma seien die Morde Tagesgespräch, der Chef habe erzählt, dass der Täter ein Irrer sein müsse, der Botschaften hinterlasse, die allerdings keiner verstünde. Die Polizei sei, wie eigentlich eh immer, ratlos. Der Chef wisse das aus sicherer Quelle, er habe da gewisse Verbindungen!

Brave Madame Pia. Offenbar kann man sich auf ein paar Dinge im Leben verlassen.

Fetzer sandte eine SMS mit dem Inhalt: „Unter Vorwand schleichen“ an den Navratil und entspannte sich erst, als dieser samt Kollegin und unter Mitnahme seiner Dreckspfote, die er nur zögerlich vom Arsch der Dunklen genommen hatte, das Lokal verlassen hatte.

Zurück blieb das seltsame Paar, das einander offenbar nichts weiter zu sagen hatte und bald darauf ebenfalls ging.

Der Rest des Abends war dem Sammeln und Ordnen von Informationen gewidmet.

Ein Mann. Dann eine Frau. Wird der Nächste wieder ein Mann sein? Was zum Teufel hat „quasi liber et pictura" für einen Bezug zu dieser Szene von gelangweilten, perversen und lebensüberdrüssigen Spinnern? Hat's damit vielleicht gar nichts zu tun? Doch, hat es. Immerhin ist der sexuelle Kontext überdeutlich. Sucht der Mörder einen Journalisten oder einen Fotografen, der sich in dieser Szene herumtreibt, oder hat er den etwa schon gefunden?

Und was war zuerst? Der Wunsch, sich verständlich zu machen und der Welt ein Zeichen zu geben, oder waren zuerst der mit aller Welt vögelnde Gruber und die Kreatur Horvath da und das Gedicht war einfach für beide passend. Wenn aber der Mörder einfach ein zum Gedicht passendes Opfer sucht, wird's kompliziert, denn dann finden wir ihn nicht. Weil dann geht's nicht um etwas Persönliches. Und nur wenn's persönlich wird, macht ein Mörder Fehler. Aber: Du bist nicht wütend. Das spricht gegen etwas Persönliches.

Andererseits bist du sehr aufwendig in deinen Settings. Mit einer Lackdose herumzurennen ist auffällig und schwierig. Aber das ist es dir wert, offenbar. Jedes Verhalten hat eine positive Absicht. Auch wenn diese positive Absicht nicht mehr bewusst ist, oder kontraproduktiv. Fetzer, manchmal bleibt also doch was hängen von dem Psychoscheiß, den s' dir so im Laufe deines Polizistenlebens erzählen!

Was, wenn du ein anderes Gedicht gefunden hättest? Oder musste es genau dieses sein?

Fetzer wurde von einem Typen am Tresen angesprochen – er sei doch Kommissar?

Er knurrte bloß und hoffte, sein Gegenüber gehörig abschrecken zu können.

Ein sinnloses Unterfangen. Der Kerl war laut eigener Angabe Streetworker im Stuwerviertel. Und als solcher Abonnent des täglichen Hardcore-Sozialpornos der dortigen Szene. Warum der es wohl nötig hatte, sich hierherzubegeben, in die Zentrale der Soap-Operas?

Jedenfalls ließ er sich nicht abschütteln. Eine seiner Klientinnen war ihm verloren gegangen.

„Tun sie das nicht jeden Tag und ist das nicht das, womit du rechnest, dass dir einer deiner Klienten durch die Maschen deines unvollkommenen Netzes fällt? Weil sie da durchfallen wollen und weilst sonst kan Job mehr hättst? Wird halt in der Lisl sein."

Nein, beharrte der Streetworker.

Der hatte ja einen deutschen Dialekt, verdammt, erst zwei Tschuschen als Polizisten und jetzt importier ma uns schon die Deutschen als Hüter und rituelle Begleiter unseres heimischen Abschaums? I waaß ned, was schlimmer ist. Aber mit einem Nordslowenen wie dem Oprieschnig als Kriminaldirektor ist alles möglich. Was kommt als Nächstes? A Türk als Wiener Bürgermeister?

Die Gina sei in der Lisl, wegen dem Manni, weil den habe die Polizei ja gefunden im Studio, unter der Streckbank, fein säuberlich eingewickelt und sehr tot. Dabei habe ihm die Gina so leidgetan und er habe das so positiv gefunden, dass sie so tiefe Gefühle für den Manni gehegt habe. Sie habe auch so nett vom Kommissar gesprochen, der sie lieb getröstet habe hier im Lokal!

Natürlich hat sie tiefe Gefühle gehabt für ihren Zuhälter, die tiefsten überhaupt. Sonst hätt sie ihn nicht umgebracht. Aber wie sollte man das einem Herrn Sozialpädagogen erklären, und einem bundesdeutschen dazu? Sinnlos. In Wien ist das Gefühl für die Liebe und den Tod so ziemlich dasselbe.

Aber die Radulienka, ihre Kollegin, die sei abgängig. Was deswegen seltsam war, weil sie das Geld brauchte und sonst jeden Tag arbeitete!

„Wird halt auf Erholungsurlaub sein mit ihrem Peitscherlbuam, als Belohnung. Drei, vier Tag Hausmeisterstrand irgendwo in Jesolo."

Nein, sicher nicht. Sie war eine Selbständige, ohne Beschützer.

Na klar, und die Erde ist eine Scheibe. Typisch Sozialromantiker. Aus Berlin wahrscheinlich. Ost.

„Hurch, wir ham ka Leich, die i ned persönlich kenn. Wart ab, Dreck schwimmt immer oben, de kommt schon wieder."

Fetzer legte dem Blassen die drei Zitronenkerne auf die Theke.

„Wo. Ist. Dein. Kellner. Blasser, das ist indiskutabel. Habe die Ehre."

Auf dem Weg in die Gumpendorfer Straße fielen die Informationsstücke in die richtigen Filter und ergaben ein neues Bild: Diese Radulienka war eine Kollegin der Gina. Das ist etwas zu viel Zufall.

Prüfen wir das besser nach.

In der Wohnung gestaltete sich das Herstellen einer äußeren Ordnung schwieriger als sonst. Fetzer spürte den zuerst abschätzigen, dann ruhigen Blick der Dunklen noch immer als Druck zwischen seinen Schulterblättern.

Kapitel XII

Fetzer wachte früh auf und kam noch vor dem Portier in der Sicherheitsdirektion an.

Im Bereitschaftsraum war das Übliche im Gange. Reste der Mitternachtsjause, des Frühstücks und der sonstigen Beschäftigungen der diensthabenden Beamten lagen achtlos auf, neben und unter den Tischen, Zeitungen und Zeitschriften allenthalben, nachlässig hingeworfene Uniformjacken und Uniformkappen und ein im Sessel eingenickter Beamter, der seiner Ablösung entgegenschlief.

Aber ein österreichischer Staatsbeamter hat ein eingebautes Vorgesetzten-Areal im Stammhirn und wacht daher auch, wenn er schläft.

Dieses Areal nahm Fetzer unmittelbar wahr und richtete das geplagte Beamtenkreuz in die Senkrechte. Uniformkappe aufsetzen, Jacke überwerfen und „Herr Kommissar!“ salutieren passierte in einer eleganten Bewegung. Wach war der Diensthabende deswegen keineswegs. Aber dienstbereit.

„Such alle unbekannten Frauenleichen raus, die wir derzeit ham, auch die in den angrenzenden Ländern.

Die bringst mir ins Büro. Und hier herrscht in zehn Minuten peinlichste Ordnung, verstehst!“

Das Büro war noch unbesetzt, klar, die Lichtblau war ja mit dem Navratil unterwegs gewesen, wer weiß, wo die noch überall waren!

Immerhin lag die erste Liste mit den Kunden der Horvath und den Usern aus den einschlägigen Foren auf dem Schreibtisch. Säuberlich mit Namen, Anschrift, E-Mail-Adressen und Arbeitsstätten. Der Navratil hatte offenbar neben seinen Hackerfähigkeiten einen Draht zum Meldeamt und zur Finanz. Oder zum Hauptverband der Sozialversicherungsträger. Wahrscheinlich zu allen dreien. Was vom Dienstinternet aus keine große Sache wäre, aber vom Privatanschluss? Immerhin war er ja im Krankenstand. Fetzer beschloss, diese Information gut zu speichern, sie aber einstweilen zu vergessen.

Hm. Viele fanden sich auf beiden Listen. Zu viele. Wenn das ein Querschnitt aus den Bildungswilligen und den Fickwilligen ist, dann hab ich jetzt halb Wien unter Verdacht. Und zwar genau die Hälfte, die gut bei Kasse ist. A unangenehme Klientel …

Haltaus! Die Madame Pia und die Elvira waren beide auf der Horvath-Liste. Bei einem Seminar zum Thema Kommunikation und Verkauf mit NLP. Den Frauen war allgemein nicht zu trauen, das war klar, und wenn sie Huren waren, schon gar nicht. Der Gruber war bei einem anderen Seminar. Wer weiß, vielleicht hatten sie einander ja trotzdem gekannt und waren sich im Institut begegnet?

Zwei Namen waren extra markiert, Navratil hatte eine Spalte „pers. getr." und eine Datumsspalte eingefügt. Das waren also die zwei von gestern! Beide bei der Erzdiözese angestellt. Da sieht man's wieder. Es gibt niemanden, der genauer ist als ein Paranoider.

Wie war das noch gestern? Der Chef der beiden hatte „Verbindungen" und deshalb von den Botschaften gewusst. Sollte wohl heißen, er ist einer der Kunden von Madame. Ob er zu ihr in der Kutte kommt oder in Zivil, des möcht i gern wissen! Und macht sie ihm die Mutter Oberin oder gar den Benedikt?

Fetzer grinste, bis die Lichtblau das Büro betrat.

„Lichtblau! Bericht!"

Emotionslos und präzise, eine gute Polizistin eben, berichtete Lichtblau vom Fortgang des gestrigen Abends. Nach dem „Roten Hund" hätten sie sich zu einem zweiten Date begeben, diesmal im „Element6". Ein uninteressantes Pärchen, aber mit interessanten Infos. Der Gruber sei ein regelmäßiger Gespiele gewesen, sie waren absolut entsetzt über seinen Tod und hätten dies von Freunden erfahren aus der Szene. So ein Lieber sei er gewesen, alle Frauen seien auf ihn gestanden, oft dann mehr als auf ihre eigenen Männer. Und er hätte jede Einzelne geliebt laut eigener Aussage. Fixe Freundin habe er keine gehabt.

Schau, schau, wenn das kein hübsches Motiv ergibt. Da holen sich die Pärchen einen zweiten Mann ins Bett und dann macht die eigene Alte verliebte Augen und schon hamma a veritables Eifersuchtsdrama.

Bist du etwa einer von diesen Betrogenen? Weil immer, wenn's Liebe wird oder das, was die dafür halten, ist's Betrug, oder? Sonst ist's nur Sex.

Mit den jeweiligen Männern habe er nichts gehabt, strikt hetero war er. Die Horvath kenne keiner ihrer Swingerfreunde, auch den seltsamen Lebensgefährten nicht.

Verdammt. Dabei passert des so gut! Die Horvath und der Gruber verliebt und der farblose Lebensgefährte eifersüchtig ... Aber der ist eindeutig zu uninspiriert für so ein Setting. Wahrscheinlich kann der auch kaum schreiben und lesen, oder zumindest nichts anderes als Akten und Paragrafen. Also weitermachen mit Suchen.

Nächsten Samstag seien die beiden auf einem Swingerevent eingeladen, da könnten sie ausführlich recherchieren. Irgend so eine Mega-Pärchen-Nacht, angeblich würden bis zu hundert Paare erwartet.

Na, dann bin ich mal gspannt, wie der Navratil zu den Adressen kommt.

Der Diensthabende aus dem Bereitschaftsraum kam mit einem Akt und bemühte sich sichtlich um perfektes Einhalten der Vorschriften für die Uniform und den Gesichtsausdruck. Fetzer nahm den Akt, ohne den Überbringer anzusehen, und wischte den Beamten mit einer Handbewegung aus dem Büro und gleichzeitig aus seinem Gedächtnis.

Drei unbekannte Frauenleichen. Eine etwa Achtzigjährige in Schlapfen und Nachthemd, im Wald aufgefunden. Eine ungefähr Zwanzigjährige mit Einstichstellen, ein Junkie offensichtlich, und eine Wasserleiche, die in Pressburg angeschwemmt worden war, nur mit einer roten Korsage bekleidet.

Scheiße. Schon wieder rot.

„Lichtblau! Dem Spitz solln s' die Wasserleich bringen, aber pronto! Die muss mit dem Tragflügelboot rüber, dann hamma s' in ein paar Stund!"

Fetzer konnte Untätigkeit nicht leiden, und weil er keine Wahl hatte als zu warten, beschloss er, sinnvoll zu warten, und ging zum letzten echten Feinkostladen in der Inneren Stadt.

Stunden konnte er dort verbringen und die Schönheit der Warenpräsentation genießen.

Farbzusammenstellungen in Perfektion, jede einzelne Frucht poliert, jedes Gemüse liebevoll einzeln verpackt, perfekt geschultes Personal und kein Angesprochenwerden von irgendwelchen Leuten oder gar Kollegen. Dem Personal beim Schlichten zuzusehen war eine eigene Freude. Gelegentlich hatte er einen Verbesserungsvorschlag, behielt diesen jedoch für sich. Ungestörtheit und Ruhe gingen vor. Nirgends konnte man besser nachdenken als hier. Und auch kaum wo besser essen.

Er hatte eben Austern bestellt, als Spitz anrief.

„Sie hassen mich, Kommissar, das weiß ich. Aber wieso bloß so sehr? Diese Leich ist in einem Zustand, dass einer Sau graust. Aber so viel kann ich schon sagen: Das ist kein rotes Korsett, das ist ein rot lackiertes Korsett."

Fetzer legte wortlos auf, drapierte die abgezählten Münzen rund um den soeben servierten Austernteller, bedachte diesen mit einem bedauernden Blick und ging in die Sicherheitsdirektion zurück.

Spitz stand blass beim Kaffeeautomaten und hielt sich an einem Pappbecher fest. Er wagte sogar einen anklagenden Blick in Richtung Fetzer, korrigierte sich jedoch umgehend, als er dessen Gesichtsausdruck sah, und begann zu berichten.

Das Korsett sei eindeutig lackiert worden, wenn auch die Donau ganze Arbeit geleistet hatte. Auch gäbe es Spuren von rotem Lack in den Arschfalten, pardon, Gesäßfalten.

„Und? A Botschaft? Quasi liber et pictura?“

Die sei fast unlesbar, weil doch Wasser eingedrungen sei, vier Wörter seien es auf alle Fälle, aber das letzte Wort sei „speculum“ oder so.

Verdammte Scheiße.

„Nobis est, et speculum.“ Jetzt fehlt mir nicht nur der Mörder, sondern auch a Leich.

Kapitel XIII

Fetzer fror neben dem Kaffeeautomaten ein. Moment.

„Wie lang is die Leich tot? Mindestens sechs Tag?"

Verdammt. Damit wäre das ja Leiche Nummer eins. Wieso hat der Mörder keine Ordnung? Und wo ist „quasi liber et pictura"? Lebt der oder die noch?

Eine Frau, ein Mann, eine fehlende Leich und wieder eine Frau. Kein Muster also, und definitiv nicht schön.

„Kannst sagen, was alles lackiert war? Der Arsch auf alle Fälle, ich versteh. Und das Korsett? Irgendwas Teures? Billige chinesische Ware also. Genauer Bericht in einer Stund auf meinem Tisch! Und jetzt reiß di zsamm!"

Im Büro scheuchte er die Lichtblau auf, der ob ihrer nächtlichen Ausflüge fast die Augen zufielen.

„Ruf beim Magistrat an, der deutsche Streetworker aus dem Zweiten, der das Stuwerviertel betreut, soll kommen und schaun, ob er die Wasserleich identifizieren kann!"

Dann begab er sich an seinen Schreibtisch und widmete sich der äußeren Ordnung, um die innere Ordnung anzuspornen ein Gleiches zu tun.

Was geht in dir vor, Mörder? Du greifst dir eine Frau, hinterlässt die letzte Zeile von einem mittelalterlichen Gedicht und teilst der Welt mit, dass sie ein Spiegel ist – aber für was?

Dann ermordest du den schönen Marius, sagst uns, dass er alle Welt gevögelt hat, oder wir interpretieren das nur.

Kurz darauf muss die Horvath, die nachgewiesenermaßen eine Kreatur ist, dran glauben.

Dein Gedicht ist nicht vollständig. Und die Abfolge entspricht nicht deinem Schönheitssinn. Oder ging es nicht anders?

Was war zuerst. Die Idee zu dem Gedicht oder eine der Zielpersonen?

Außerdem hast du in Kauf genommen, dass wir die Wasserleiche gar nicht finden und den Text dazu auch nicht.

Das ist dein erster Fehler. Entweder warst du in Eile oder du hast schlecht geplant. Oder warst du diesmal wütend? Hoffentlich, denn dann kommen wir einem Motiv wenigstens näher.

Um sich abzulenken, erinnerte er sich an den Nachmittag im Feinkostladen. Vor seinem geistigen Auge entstanden Bilder von geschlichteten Waren und behandschuhten Angestellten, die liebevoll Stück für Stück einordneten. Halt, hier war eine fehlerhafte Einstellung.

Der Bursch bei den Schokoladen hatte nur die linke Hand im Handschuh gehabt. Und weil die sorgsam trainierten Angestellten den rechten Handschuh nur auszogen, um Geld entgegenzunehmen, konnte das nur eins bedeuten. Der Bursch ließ sich entweder bestechen oder klaute. Fetzer griff zum Hörer.

Der Hausdetektiv des Feinkostladens stellte weder Fragen noch zweifelte er an der mitgeteilten Beobachtung. Ein Fetzer irrte sich in diesen Dingen niemals, daher bedankte er sich einfach und ging hinunter ins Erdgeschoß, um sich den Burschen vorzunehmen.

Endlich kam der Spitz mit seinem Bericht.

Frau, fünfunddreißig bis fünfundvierzig, mit einer bestens ausgeprägten Leberzirrhose und schlechten Zähnen. Tod durch Genickbruch, eh klar irgendwie. Spermaspuren im Arsch, auch klar irgendwie. Allerdings noch jede Menge venerischer Krankheiten obendrauf. Ein Schanker und die ganze Partie halt.

A Praterhur? Wahrscheinlich.

Aber wie passte die zu der feinen und reichen Horvath und zum feinen und gebildeten Gruber? Falsches Milieu. Ganz verkehrt.

Und was für ein Spiegel sollte sie sein? Für unsere Zeit? Für die Gesellschaft? Dass wir alle irgendwie Huren sind und im Arsch? Das denk ich mir jeden Tag und bring trotzdem niemanden um.

Spitz referierte über die Schwierigkeiten der Untersuchung, aber Fetzer hörte schon längst nicht mehr zu. Auch diesmal war der Mörder offenbar nicht wütend gewesen.

Die Lichtblau kam und brachte mit der einen Hand einen Akt und mit der anderen den Streetworker ins Büro, der sichtlich vom Anblick der wenig schönen Leich gezeichnet war.

Fetzer betrachtete ihn wie ein exotisches Insekt. Wie kann das sein, dass ein Mensch jeden Tag die ärgsten Geschichten und Angelegenheiten von den Lebenden mit Gleichmut und praktischer Intelligenz, die in Tun mündet, wegsteckt, obwohl er um die Sinnlosigkeit seiner Bemühungen ja aus Erfahrung wissen muss, und bei der klaren und einfachen Tatsache des Todes so eingeht?

Drum beschäftige ich mich mit den Toten. Die handeln nicht mehr irrational und wider besseres Wissen. Die sind schlicht: tot. Und damit meist das erste Mal in einem nicht ambivalenten Zustand.

Sozialpädagoge also, dieser Mensch. Voll der Hoffnung, dass er bilden könnte, was gar nicht vorhanden ist in seinen Klienten.

Das war also tatsächlich die Radulienka Sarmakova auf dem Seziertisch im Keller. Amtsbekannt wegen kleinerer Delikte, meist verbunden mit Trunkenheit und Geheimprostitution. Kollegin von der Gina, von der sie sich wahrscheinlich nur durch den fehlenden Deckel unterschied.

Wie auf dem beiliegenden Bild leicht zu erkennen war, war sie schon zu Lebzeiten nicht schön gewesen. Fetter Arsch, kleine Hundetitten und ein Gesicht wie ein Schwein. Tschechische Landpomeranzen halt. Bestens geeignet, um auf einem Kartoffelacker im Dreck zu stehen.

Oder um in Wien das große Glück zu suchen, aber stattdessen das Leben zu finden, das ihr zukam.

Aus dem Dreck kommst eben wieder in den Dreck, obst jetzt drin stehst oder liegst.

Zu erzählen hatte er nicht viel, der sozialromantische Import.

Freund hätte sie keinen gehabt, der Manni von der Gina habe sich etwas um ihre Angelegenheiten gekümmert. Drum sei sie auch keinem sofort abgegangen, weil der Manni ja tot war und die Gina im Häfen.

Die üblichen Kunden habe sie halt gehabt, die unterprivilegierten Säufer und Hackler, die ihre Adresse aus der „Krone“ hatten. Kein Handy, keinen PC, und sicher keinen Webauftritt oder eine Mitgliedschaft bei einer der einschlägigen Plattformen. Sie habe kaum lesen und schreiben können.

Seit wann hindert das die Leut bitte an irgendwas?

Fetzer schickte den Piefke schließlich wieder auf

die Straße der guten Werke zurück und sich selbst ins „Moritz" auf der Mariahilfer Straße, wo er sich wie der Streetworker der Arrivierten fühlen konnte.

Auch hier war nichts zu bilden, denn es war nichts da. Und auch hier lehrte die Erfahrung, dass alle Bemühungen sinnlos waren, aber wenigstens konnte man den Eindruck gewinnen, dass die Klientel lesen und schreiben konnte. Was sie aber wiederum an nichts hinderte, vor allem nicht am Halten ihrer präpotenten und arroganten Goschen.

Fetzer, das Leben widert dich an. Oder die Insekten, die sich für höhere Lebewesen halten und darin herumkriechen. Und hierorts sind sie, die Film-, Magazin- und Wortmenschen. „Liber und pictura". Jeder von euch könnte den Spruch morgen schon in seinem Arsch stecken haben.

Später, als er in die Gumpendorfer Straße ging, fiel ihm ein, dass er nichts gegessen hatte. Da jedoch die Ordnung der Dinge ein Abweichen von seiner Disziplin nicht erlaubte, fütterte er nur den Kater, überprüfte in der Wohnung die Regelmäßigkeiten seiner Habseligkeiten, war mit der hergestellten Schönheit gerade eben zufrieden und legte sich schlafen.

Kapitel XIV

Fetzer erwachte mit knurrendem Magen.

Samstag. Gut so. Zuerst ein Frühstück am Naschmarkt. Irgendwo heute, wo man definitiv nicht nachdenken kann, irgendwo also, wo es genug zu sehen gibt und genug zu hören, so dass das Gehirn überflutet wird und die inneren Stimmen schweigen.

Das „Deli“ also. Die seltsame Musikauswahl dort würde ein Übriges tun.

Das Kellneriertier war ausnahmsweise Fetzer-trainiert und verursachte so keine Störung in der Übung des inneren Schweigens.

Zwei Eier im Glas, ein doppelter Espresso, ein Schnittlauchbrot, akkurat geschnitten und regelmäßig bestreut. Ein eigener kleiner Salzstreuer. Alles so nicht auf der Karte zu finden, aber die Herstellung dieser Sonderwünsche war definitiv besser für den Seelenfrieden der Kellnerbrigade.

Ein schönes Beispiel, wie gut man durch schmerzhafte Erfahrung lernt.

Fetzer las die „Zeit“, lauschte den Gesprächen an den Nebentischen und nahm gleichzeitig die Musik wahr.

Einzelne Gesprächsfetzen schafften es bis in das kognitive Bewusstsein, immer dann, wenn Fetzer bereits eine Referenzerfahrung gespeichert hatte und so den Unterschied feststellen konnte zu dieser.

Den ganzen gestrigen Tag hätte einer der Anwesenden also damit verbracht, die Einzelteile seines Vaters zu suchen. Denn dieser hatte sich vor fünf Jahren der Anatomie vermacht, mit der Auflage, ihn nach dieser Zeit an seine Familie zurückzustellen, auf dass er ordentlich katholisch bestattet werden könnte.

Was für eine Perfidie! Glaubten die Katholiken nicht an die Auferstehung des Fleisches? Galt das dann auch für die Auferstehung der Einzelteile oder wie? Und was hatte so ein Wunsch als Absicht – die Witwe nach fünf Jahren nochmals in aller Deutlichkeit daran zu erinnern, dass er wahrhaft tot, entmenscht und nicht im sicher bereits gekennzeichneten Grab gelegen war, an dem sie möglicherweise täglich gebetet hatte für eine Wiedervereinigung nach ihrem eigenen Tod?

Am schlimmsten sind die Schweinereien, die als liebevolle, achtsame Taten daherkommen.

Was für eine Rache an der eigenen Familie!

Natürlich hatte das Anatomische Institut die Einzelteile verlegt, sprich: verloren, und er hätte den ganzen Tag gebraucht, einen Zuständigen zu erreichen.

Na, der weiß nicht, was er für ein Glück hat in Wirklichkeit. Wenn der Spitz dort noch arbeiten würde, hätte der ihm unter Garantie die Teile, voll präpariert mit Anmerkungen, zurückgesendet, vor lauter akademischem Lehreifer wahrscheinlich mit ergänzenden Farbfotos von ähnlichen Krankheitsbildern und Anomalien. Egal, ob's wirklich der Herr Vater gewesen wäre oder nicht.

Fetzer säuberte angelegentlich das Glas, aus dem er die Eier gegessen hatte, pickte zwei Schnittlauchstückchen auf, drapierte das abgezählte Geld rund um die Kaffeetasse und ging. Die Sache mit der Anatomie hatte sein Gehirn wieder zu seinen Fällen geführt.

Er beschloss, den Tag unter Wasser zu verbringen, dem einzigen Ort, wo sein Inneres wie selbstverständlich Verbindung mit der äußeren Welt aufnahm.

So fuhr er auf die Donauinsel und begann auf der Höhe der Steinspornbrücke mit dem ersten Tauchgang.

Wie immer tauchte er nackt und ohne irgendwelche Hilfen.

Das unangenehme Gefühl, zwischen zwei Welten zu sein, verschwand, als er mit dem gesamten Körper untergetaucht war. Die vorgebliche Stille unter Wasser, die in Wahrheit aus verschiedenen, genau zu identifizierenden Geräuschen bestand, und die Farben öffneten die Hülle seines Körpers und ließen ihn mit der Strömung eins werden. Zügig tauchte er auf die andere Uferseite und nahm den Untergrund, die Pflanzen und die Fische in sich auf. Fisch war er und nicht Mensch, unempfindlich gegenüber der Kälte und unermüdlich in seinen kraftvollen Schwimmbewegungen. Blaues und Grünes und Schwarzes war er und der helle Kies.

Eines Tages einfach nicht mehr auftauchen, sondern auf den Grund sinken. Sich auflösen. Aufhören zu atmen. Was für eine verlockende Vorstellung. Irgendwann, Fetzer.

Zehnmal überquerte er so die Distanz zwischen den Ufern, bis er die Schmerzen in seinen Muskeln und die beißende Kälte bei aller Disziplin nicht mehr ignorieren konnte.

Die Maisonne trocknete ihn, am Ufer auf den Steinen liegend.

Die Insel hatte in diesem Abschnitt ihre eigenen Bewohner. Männer und Frauen, die schon zu Beginn des Frühlings eine noch vom Vorjahr übrig gebliebene Bräune ausführten und mit großem Gepäck hier ihr Lager aufschlugen. Campingliegen, Kühltaschen, Radios, Spielkarten und Zeitungen – Langzeitarbeitslose und Pensionisten in ihrem zweiten Wohnzimmer. Jeder kannte jeden und die Gespräche unterschieden sich nicht von jenen in irgendeinem Lokal.

Fetzer grüßte stumm und wurde ebenso zurückgegrüßt, mehr nicht. Man wusste hier, dass er nicht sprach, sondern schwamm oder tauchte.

Er ging im Geist die Gegend ab: In dieser Zwischenzone erwartete man kein bestimmtes Verhalten.

Ganz im Gegensatz zur auf der anderen Seite der Straße beginnenden Lobau, wo zu dieser Zeit wieder die Althippies lagerten und mehr Gras im Umlauf war als in allen Vorstadtdiscos zusammen.

Hier wurde allerdings gemeinschaftlich geraucht und freigiebig geteilt, jeder gab, was er hatte, und erhielt, was er benötigte. Und weil es ohne Gewinnabsicht und durch reinen Austausch von Waren und Dienstleistungen geschah, ignorierten die Beamten der Drogenfahndung diesen anarchistischen Platz der himmlischen Freuden, wenn sie nicht ohnehin gerade mittendrin saßen.

Die Grower hier rühmten sich einer voll biologischen Anbauweise und tauschten Tipps aus, welche Nützlinge und welcher natürliche Dünger besonders gute Ergebnisse erzielten. Und die Jungs von der Drogenfahndung wussten den Unterschied zu schätzen und waren kompetente Gesprächspartner, was Sorten und Verarbeitung betraf.

Fetzer war bis zum Erscheinen der Amurkarpfen, die die Stadtverwaltung zum Fraß der Algen eingesetzt hatte, dort geschwommen und getaucht, hatte dann aber das Feld den Karpfen überlassen, die die enervierende Gewohnheit hatten, als Schwarm von ungefähr dreißig einen halben Meter großen Fischen schwimmende oder tauchende Menschen völlig reglos und vorwurfsvoll aus einiger Entfernung anzustarren.

Weiter oben war das Cruising-Areal der Schwulen. Fetzer dachte mit Schaudern an einen seiner ersten Einsätze vor fünfzehn Jahren zurück, wo er als Lockvogel für einen Schwulenmörder auf und ab spazieren musste. „A Schwimmer warn S' beim Heer? Fein, so an brauch i grad", hatte der damalige Kommissar gesagt, und er hatte damals gedacht, es ginge um seine Qualitäten als Kampftaucher. Ganz falsch Fetzer, um deine definierte Rückenmuskulatur is gangen, und um deine Oberschenkel! Prompt hatte ihm eine der notgeilen Schwestern zugezwinkert und „Na, Schatzerl?" geschnurrt. Die Sache hatte ihm seine erste Diszi eingebracht. Gerade noch an der schweren Körperverletzung vorbei, sei froh, hatte der Gewerkschafter gemeint, der ihn vertrat. Aber die Sache hatte ein Gutes gehabt. Schnell war klar gewesen, dass man sich mit ihm nicht anlegen sollte.

Weiter unten, Richtung Süden schließlich, waren die Treffpunkte der Spanner, der Pärchen und der Liebhaber von Parkplatz-Sex mit oder ohne Zuschauer und Mitspieler.

Warum hat sich mein Mörder eigentlich nicht hier seine Opfer gesucht? Da wäre doch alles nah beieinander, alle Spielarten sind vertreten und was immer er anprangern will und welchen Typ immer er als Träger für seine Botschaften sucht, hier hätte er es leicht gefunden. Und zwar ohne in eine fremde Wohnung zu gehen und sich so der Gefahr des Entdecktwerdens auszusetzen!

Offensichtlich hat es also genau eine dieser Personen sein müssen. Oder alle? Denn entweder verschleiern die anderen das Motiv für die eine wirklich gemeinte oder der Mörder hat ein Motiv für alle. Was unwahrscheinlich ist, denn die Radulienka, diese arme Praterhur, die passt nicht dazu.

Milieu? Passt nicht. Sie ist Submilieu, die anderen zwei sind Mittelschicht.

Der Gruber war ein Swinger, die Horvath eine Amateurdomina. So was kommt mit der billigen Hurenpartie kaum jemals in Berührung.

Außerdem war die Radulienka a schiache Sau, und die anderen zwei ausgesprochen schöne Leut.

Wo ist überhaupt die Radulienka ermordet worden? Siedend heiß fiel ihm ein, dass niemand das Studio oder die Wohnung kontrolliert hatte. Obwohl's beim Studio wurscht war, weil da hatten die Kollegen ganze Arbeit geleistet, als sie den Manni gesucht und gefunden hatten, da war nichts Verwertbares mehr zu erwarten.

Fetzer telefonierte mit der Sicherheitsdirektion und bestellte zwei diensthabende Amöben mit Werkzeug in die Tempelgasse im Zweiten. Mit der strikten Auflage, zwar einstweilen die Wohnungstür zu öffnen, aber ansonsten auf ihn zu warten, er sei gleich da.

Beim „Roten Hiasl“ fand er ein Taxi.

Bildete er sich das jetzt ein oder lächelte ihn der schwarze Taxler mit seinen ungefähr dreihundert weißen Zähnen im Rückspiegel auffordernd an? Er bedachte ihn mit einem Blick, der den afrikanischen Importaffen für den Rest der Fahrt den Blick nach vorn auf den Straßenverkehr richten und vorsorglich die Goschen halten ließ, etwas, das ihn als zweifellos nicht zur gewöhnlichen Wiener Taxlergilde gehörend entlarvte, ist das doch ein Verhalten, das dieser völlig fremd ist.

Brav warteten die beiden Amöben vor der Wohnung.

Fetzer machte einen Rundgang: Vorzimmer, winzig. Ein Zimmer mit Doppelbett, Esstisch, ein paar nicht zusammenpassende Sessel, ein Fernseher auf einer Kommode und ein Madonnenbild mit Jesuskind auf einem improvisierten Altar. Eine „Maria della Strada“, wie passend und unpassend zugleich. Die Schutzheilige der Jesuiten. Und einer armen Hur, offenbar. Wetten hätt ich können, dass die so was hat! Immer ham s’ so was. Total versaut und ohne jeden Skrupel, aber heilig. Ghört zsamm, ganz klar, ist wieder mal bewiesen hiermit.

Keine Bücher, keine Bilder an den Wänden, keine Teppiche oder irgendetwas anderes, das Kunstgeschmack oder Bildungsnähe beweisen könnte. Wie auch. Und alles in Tschuschenbarock. Wie bei der Horvath, nur in der Billigausführung.

Winziges Bad und winzige Küche. Im Kühlschrank Lebensmittel in allen Stadien der Verwesung. Aber alles sehr ordentlich. Sehr ordentlich.

„Der Spitz soll kommen und sich die Hütte da vornehmen! Habe die Ehre!“

Fetzer fuhr in die Gumpendorfer Straße zurück und widmete sich konzentriert dem Ritual des samstäglichen Wohnungsputzes.

Später, im Bett, erinnerte sich sein Körper an das Gefühl des Tauchens und des Schwebens, an die Farben des Donauwassers und das Einswerden mit dem geliebten Element.

Kurz bevor er einschlief, drängte sich ein Gedankenstrang in dieses Bild der Ruhe. Irgendetwas war ihm entgangen. Schon wieder.

Aber die Müdigkeit und der Friede seines Körpers gewannen die Oberhand.

Kapitel XV

Sonntage sind Tage, die man streichen sollte. Sie existieren nicht. Es gibt nichts zu tun, außer sich der Introspektion hinzugeben, was das Letzte ist, das ein halbwegs erwachsener Mensch tun sollte, außer er will unbedingt seine Laune verlieren oder den Glauben an sich selbst.

Warum darüber nachdenken, dass man seine selbst gewählte Einsamkeit an jedem anderen Tag schätzt, aber am Sonntag nicht erträgt?

Warum nachforschen, welchen Unterschied es genau macht, dass ein Samstagfrühstück unter lauter fremden Menschen erstrebenswert, dasselbe am Sonntag aber unerträglich ist?

Wie oft kann man die Henkel seiner Tassen exakt 45-grädig ausrichten, ohne sich selbst eingestehen zu müssen, zwanghaft zu sein? Viermal. Höchstens.

Coping-Strategien, dachte Fetzer. Kluge gibt es und unkluge. Oder sozial verträgliche und sozial unverträgliche. Wie jemand mit seinen inneren Spannungen umgeht, ist unterschiedlich. Bei geringer Frustrationstoleranz und fehlender Impulskontrolle wird so einer früher oder später ein Kandidat für meine Akten. Bei ebenso geringer Frustrationstoleranz, aber mehr Impulskontrolle wird's ein Fall für die Akten der Psychiater. Aggression richtet sich entweder nach außen, gegen eine andere Person, oder aber nach innen. Das sind dann die sich selbst Verletzenden. Entweder schneiden sie sich Muster in die Arme und werfen ein, was sie gerade finden, oder sie fressen, saufen und vögeln sich zu Tode. Das Erstere geht schneller und ist auf endgültige Heilung vom Leben aus – das Zweitere dauert lang und ist oft so subtil aufgezogen, dass ein unbedarfter Beobachter für Lebenslust halten könnte, was eigentlich Todessehnsucht ist.

Wie oft hatte er schon die blöden Sprüche gehört nach einem angeblich überraschenden Selbstmord: Aber der war immer so lustig!

Oder die, die ihr Heil im Sich-Schinden suchen. Die sich extremen Gefahren aussetzen oder bis zum körperlichen Zusammenbruch trainieren, was auch immer.

Und das alles, um das Leben zu finden. Da war's schon besser, genau zu wissen, dass es kein Heil gibt und dass man nur den Tod finden kann. Immer nur den Tod. Aber den Zeitpunkt kann man wählen.

Zeitpunkt. Das ist es, was mein Mörder auch gesucht haben musste. Ein nicht wütender Mörder, also einer mit Aggressionspotenzial, das zuerst lange Zeit innen verbleibt. Woran könnte ich dich erkennen? An einer besonders aufrechten Körperhaltung und an etwas zu viel Muskelspannung. Und an unruhigen Augen wahrscheinlich. Drum ist es auch der beige Lebensgefährte der Horvath nicht, der ist weich, außen und innen. Was etwas ganz anderes ist als sanft. Die Sanften sind oft, schon aus Selbstschutz, außen hart. Oder fett.

Ein Mörder, der so orientiert ist in seinem Wahn, dass er exakt planen kann und vorausschauend und sorgsam handelt. Außer im Fall der Radulienka, das war schlampig gemacht. Zu viel Zufall. Was wäre gewesen, wenn wir sie nie gefunden hätten? Und warum war sie nicht in der Wohnung wie die anderen, sondern in der Donau? Kann ja wohl kaum als eine Tote aufgestanden sein und sich selbst den Fluten überantwortet haben, oder? Also kann's nur der Zeitpunkt gewesen sein – in der Wohnung hätten wir sie zu früh gefunden. Weil „quasi liber et pictura“ noch in keinem Arsch steckt und der Mörder darauf Wert legt, dass uns das Gedicht in seiner natürlichen Ordnung präsentiert wird. Und warum bringt er dann „quasi liber et pictura“ nicht vorher um? Hat sich's so ergeben und war's einfach praktisch oder konnte er sein Opfer noch nicht erlegen?

Was bedeuten würde, dass er zu diesem weniger guten Zugang hat als zu den anderen. Oder weniger einfachen.

Ob der Navratil schon munter war? Der sollte eigentlich ein Update seiner Liste haben nach seinem gestrigen

Ausflug zum Bodensatz des menschlichen Bedürfnisses nach zwischenmenschlichem Kontakt.

Aber der Navratil hob nicht ab.

Fetzer ließ die Henkel seiner Kaffeetassen widerwillig sein und versuchte stattdessen zu lesen.

Die Unruhe aber blieb. Keines seiner Bücher bot sonntäglichen Trost. Auch ein intensives Eintauchen in die Musik von Philip Glass und später in die von John Cage brachte sein inneres Metronom nicht zum Schweigen.

Er gab sich geschlagen und schickte eine SMS an die Elvira. Sie antwortete umgehend.

Denn Nutten über vierzig arbeiten auch am Sonntag, nachdem sie zwanzig Jahre damit verbracht haben, sich einzureden, dass sie endlich bald nicht mehr in die Hacken gehen werden müssen, weil sie genug verdient haben würden und bald einen Mann hätten, der sie nicht mehr in ebendiese schickt.

Auf manche Dinge kann man sich eben verlassen.

Kapitel XVI

Auf manche Dinge kann man sich eben verlassen, dachte sich auch Elvira. Auf den Fetzer zum Beispiel. Nämlich, dass er wiederkommt.

Fetzer dachte gerade noch rechtzeitig daran, dass er der Elvira Blumen mitbringen wollte, und suchte auf dem Weg zu ihr einen B & B Blumenmarkt. Was er auf den Tod nicht ausstehen konnte, waren die Blumenläden mit dem bemühten Dekorationswahnsinn – lauter Minderbegabte, die sich an Farbzusammenstellungen und Arrangements vergriffen, die zwar der Blumenbinderinnung Freude, aber einem ästhetisch anspruchsvollen Menschen bestenfalls Übelkeit bereiteten. Da war es schon besser, dass die Verkäuferinnen dort die einzelnen Sorten einfach Farbe für Farbe in die Vasen steckten, so konnten sie wenigstens nicht allzu viel falsch machen.

Er wählte sorgsam aus. Heute war ihm nach Blässe zumute. Weiße Ranunkeln, weiße Lilien. Hellgrüne Rosen. Langes, hellgrünes Gras dazwischen. Eine mittelgrüne Schleife.

Die Verkäuferin war gebührend beeindruckt und vergaß darüber, sich über das exakt hingelegte Kleingeld zu wundern. So viel Geschmack hatten normalerweise nur die Schwulen.

Fetzer aber hatte weder ihre Anwesenheit noch ihren Blick bewusst registriert, er war ganz auf die Zusammenstellung des Straußes konzentriert gewesen.

Elvira nahm die Blumen überrascht und Fetzer gnädig in Empfang. Heute trug sie schwarze Pumps, aber sonst nicht viel.

Statt eines Gürtels hatte sie sich, sozusagen griffbereit, drei Bondageseile um die Hüften gewickelt. Ob sie sonst noch irgendetwas trug, konnte Fetzer nicht mehr sehen, denn die Augenbinde, die sie ihm mit einer Bewegung anlegte, erfüllte ihren Zweck.

In der nächsten Stunde verstummte Fetzers innerer Dialog und er gab sich seiner Herrin ganz zu eigen.

Weil Sonntag war und sich offenbar kein anderer Kunde angesagt hatte, saßen sie später in der Küche und tranken Kaffee. Vertraut plauderten sie über das Geschäft. Elvira über ihres – seltsame Kunden mit seltsamen Wünschen, aber wenig Lust, für diese Wünsche in das Geldbörsel greifen zu wollen – und Fetzer über seines.

„Ich überseh was bei diesem Typen", führte er aus, „er hat kein Bild für mich und keine Struktur."

„Das schaut dir nicht gleich, Franz", sagte die Elvira,

du siehst doch sonst immer alles. Den Modus Operandi des Täters versteh ich, das siehst ganz klar und das ist nachvollziehbar. Erzähl mir noch mal, was du genau gesehen hast, von Anfang an."

„Erzähl du mir gscheiter was von der Horvath, wenn wir schon dabei sind", hier war Fetzer ganz Polizist, „weil du warst immerhin bei der auf einem Seminar. Und frag erst gar nicht, woher ich das weiß!"

Eine geschäftstüchtige Frau, ganz ohne Frage. Allen habe sie, ganz im Vertrauen natürlich, zu weiterführenden persönlichkeitsbildenden Seminaren und Ausbildungen geraten, niemals ohne den Hinweis, dass es bei einem selber ja wirklich was bringen würde, ganz im Gegensatz zum jeweiligen Sitznachbarn!

Und eine auffallende Neugierde, vor allem an nachteiligen, aber spannenden Einzelheiten aus der Vergangenheit habe sie an den Tag gelegt. A echte Kreatur, a Weib halt.

Der Gruber sei ihr dort aber nie begegnet, aber den Typ Mann kenne sie. So was rennt überall rum und poliert sein kleines Ego auf Kosten aller Ehemänner auf – wobei alle Teile anfangs etwas davon hätten: Der Ehemann die Idee, er stelle sein Eigentum zur Verfügung und habe die Kontrolle, die Ehefrau genieße den aufmerksameren und wesentlich hübscheren Gespielen, vor allem in dem Wissen, dass sie ihren Alten und den feschen Lover gleichermaßen kontrolliert, und der

Gespiele hielte sich sowieso für den Mörderstecher, der's im Gegensatz zum Alten endlich mal bringt. Am Ende ist nur einer zufrieden: der Lover. Weil die zur Verfügung gestellte Ehefrau muss den langweiligen Alten behalten, hat aber jetzt begriffen, dass es eine Alternative gäbe. Und der Alte checkt's irgendwann, vor allem, wenn sich die liebende Ehefrau etwas zu offensichtlich amüsiert hat.

Die Sorte Ehemänner sei aber weit verbreitet, die Pia habe zum Beispiel auch so ein Exemplar, was zusätzlich gegen ihren Charakter spräche, aber da gäbe es ja genug andere Sachen auch noch. Die habe sich den Gundlach gekrallt, den Lokalpolitiker und Geschäftsmann. Als ob der Inhaber eines notigen Modellbaugeschäfts auf der Wieden als reeller Geschäftsmann gelten könne. Aber manche brauchten scheinbar die Versklavung zum Ehemann einer promiskuitiven Nutte aus Leidenschaft, beziehungsweise den äußeren Schein als anständige Frau. Arm eigentlich.

Die Frage nach der Radulienka tat Elvira mit einem empörten Schnauben ab. Die wäre wohl nicht ihre Liga gewesen, oder? So was kenne sie nicht.

„Erzähl schon", drängte die Elvira, „von Anfang an, weil wenn du was nicht siehst, dann hat das genauso viel zu bedeuten wie wennst was siehst!"

Fetzer ordnete seine Gedanken und gab ihr einen Abriss der Ereignisse.

Aufmerksam hörte Elvira zu, nur um ihn nach einigen Minuten zu unterbrechen: „Was meinst mit ‚ordentliche' Wohnung? Ordentlich wie ich oder wie du?"

Es gäbe nur ein „ordentlich", knurrte Fetzer, und ihres sei das sicher nicht!

„Franz, niemand ist so ordentlich wie du. Wenn du etwas ordentlich findest, dann ist das wesentlich mehr, als der allgemeine Sprachgebrauch nahelegt. Und ich weiß, du wirst jetzt gleich wütend werden, weil ich seh das an deinem Gsicht, ich kenn dich, weißt! Waren die Sachen in den Wohnungen alle so geordnet, wie du es auch getan hättest? Siehst, und das ist nicht normal. Entschuldige, ich meine, dass drei Wohnungen genau so geordnet sind, dass es für dich ordentlich ist, das ist außergewöhnlich. Sag mir, wie viele Tatorte kennst du, die deiner Vorstellung von Ordnung entsprochen haben!"

Fetzer schloss die Augen und ließ die Bilder aller Wohnungen und Lokale, die er bei seinen Erkundungsgängen in seinem präzisen bildhaften Gedächtnis gespeichert hatte, an seinem geistigen Auge vorbeiziehen.

Abrupt erhob er sich und verließ wortlos Elviras Wohnung und damit die Stätte einer Niederlage, sprich unangenehmen Selbsterkenntnis.

Auf dem Heimweg erteilte er per Handy dem diensthabenden Beamten in der Sicherheitsdirektion umfangreiche Anweisungen.

Alle Wohnungen waren nochmals genauestens auf Fingerabdrücke zu untersuchen, vor allem in den Schränken und Kommoden. Der beige Lebensgefährte der Horvath war ehestens zu kassieren und von allen Leichen waren sofort Fingerabdrücke zum Vergleich zu nehmen.

Und alles morgen früh in meinem Büro! Ka Largiererei und keine Ausreden.

A Nuttn is a Nuttn und ka Polizist. Wie kommt die überhaupt dazu, mit mir so zu reden? Wie mit einem bleeden Buam. Die weiß einfach nicht, wo ihr Platz ist.

Die graue Unruhe dieses Tages war einer weiß schimmernden Wut gewichen. Hier half auch das tägliche Ordnen nicht mehr.

Fetzer verordnete sich Sit-ups und Liegestütze, bis er Krämpfe hatte und sich schließlich erbrechen musste.

Die Wut aber blieb seine Gesellschaft in einer schlaflosen Nacht.

Kapitel XVII

Als der Portier der Sicherheitsdirektion am nächsten Morgen Fetzers und dessen gespannter Kinnlinie gewahr wurde, sprang sein Reptiliengehirn an und er setzte diskret zwei Warnanrufe ab. Effizienz aus schmerzhafter Erfahrung. Auch so eine Errungenschaft des Beamtenkörpers der Stadt Wien.

Und so wurden nicht nur alle Schreibtische, sondern auch die Gänge geräumt. Die Schreibtische von diversen Papieren und die Gänge von Menschen.

Die Lichtblau aber musste wohl oder übel an ihrem Schreibtisch verharren. Gemeinsam mit Navratil, der ängstlich einen Stoß Papier auf seinen Knien beschützte.

Fetzer stürmte das Büro und setzte sich wortlos brütend hinter seinen Schreibtisch.

Lichtblau und Navratil sahen einander an und hofften inständig, dass den jeweils anderen das Unvermeidliche treffen würde.

Aber es traf Spitz, den der Warnanruf nicht mehr erreicht hatte, weil er bereits mit seinem Bericht auf dem Weg ins Büro gewesen war, und der jetzt ungewarnt und unvorbereitet zu Fetzers Schreibtisch trat.

„Ach wei", flüsterte die Lichtblau, „jetzt putzt er ihn a halbe Stund zsamm und dann kommen wir zwaa dran. Hoff ma, dass ihm dann schon besser is. Gemma derweil an Kaffee trinken!"

Spitz fasste den gesammelten Groll Fetzers auf sich selbst und den Ekel vor der gesamten Welt, die nach Fetzers Ansicht ohnehin in all ihrer Miesheit besonders in der Sicherheitsdirektion Wien klar zutage trat, aus.

Weil er aber nicht ohne Grund einen Beruf gewählt hatte, in dem er jeden Tag ausschließlich mit toten Dingen und toten Menschen zu tun hatte, hielt er von Zeit zu Zeit einen lebenden Verrückten ganz gut aus.

So sparte er sich eine Replik auf die mannigfaltigen Vorwürfe seine Kompetenz, seine Herkunft und seine Bildung betreffend und begann stattdessen, Fetzer Bericht zu erstatten.

In allen Wohnungen seien auffällig symmetrische Ordnungen hergestellt worden, und ja, vor allem in den Schränken herrsche akkurate Ordnung. Exakt ausgerichtete Tassen und Gläser, so wie es kein normaler Mensch ... Spitz unterbrach sich sofort, als er Fetzers Halsarterie pochen sah, und korrigierte sich auf ... wie es ein normaler Mensch eben nicht jeden Tag hatte.

Fingerabdrücke gäbe es nur verwischte oder keine, also auch keine von den Opfern. Ganz klar, überall hatte jemand aufgeräumt und dabei Handschuhe getragen.

Im Spitz'schen Hirn formte sich der Begriff Zwangshandlungen, aber er behielt diesen als Wortbild im visuellen Gedächtnis und ließ dieses nicht den Weg zu den Stimmbändern nehmen.

Fetzer wischte ihn mit einer Handbewegung aus seinem Büro und aus seinen Gedanken und bellte nach der Lichtblau. Ob der beige Lebensgefährte der Horvath da sei. Natürlich war er.

Noch beiger und diesmal zitternd wurde er dem Kommissar vorgeführt.

Nein, er sei definitiv von 8 Uhr weg im Institut gesessen und nicht in die Wohnung hinaufgegangen. Online-Überweisungen hätte er gemacht und Mails beantwortet.

In der Wohnung sei ihm nichts Besonderes aufgefallen. Die Ordnung? Nun, sie hätten eine neue Putzfrau, die räume nach ihren Vorstellungen Dinge um, so, wie sie es für schöner und passender hielt, er selbst habe mit den Haushaltsdingen nichts zu tun gehabt, auch seine geliebte Frau nicht, das sei weder seins noch ihres gewesen, wenn der Herr Kommissar verstünde. Hier verdrückte er ein Tränchen oder zwei.

Fetzer fragte sich, ob dies wegen des putzfraulichen Eingriffs in die höchstpersönliche Ordnung oder wegen des Todes der geliebten und posthum geschändeten Gattin geschah, kam aber zu keiner klaren Entscheidung.

Was er ihm zum Gruber sagen könne? Ein Klient sei das gewesen, ein charmanter und umgänglicher Mensch. Bei einigen Institutsfesten sei er anwesend gewesen, nein, er hätte nie bemerkt, dass er sich an eine der anwesenden Frauen herangemacht hätte, schon gar nicht an die Frau Gemahlin, die er aber zweifellos sehr verehrte, aber das taten ja alle ihre Klienten.

Bevor er noch mehr Tränen vergießen konnte, ließ Fetzer ihn wegbringen und ordnete widerwillig seine Entlassung an.

Der sollt einsitzen, und wenn's nur wegen der Schand ist, die er für das männliche Geschlecht allgemein ist. Oder wegen irgendwas sonst, weil verdient hätte er es, das hatte er im Gefühl.

Die Bleistifte und die Akten ordnend fasste er seine Gedanken zusammen.

Nehmen wir an, dachte er, nehmen wir an, ich habe einen blinden Fleck. In der Art, dass mir entgangen ist, dass der Mörder Dinge ordnet, weil sie ihn stören. Und das tut er auch in fremden Wohnungen. Und zwar, nachdem er seine Opfer ermordet hat. Oder davor? Wohl kaum, oder? Das wäre doch sehr auffällig!

Das spricht wieder für die Annahme, dass er nicht wütend ist. Er nimmt sich die Zeit, zu ordnen. Oder beruhigt er sich damit?

Der Gedanke war Fetzer mehr als unangenehm, ließ sich jedoch nicht verdrängen.

„Lichtblau, du Schlampe! Mit dem Navratil zu mir! Und Bericht, geht schon!“

Wie sich herausstellte, hatten die beiden quasi unter Aufopferung ihrer Polizistenkörper ganze Arbeit geleistet.

Die Vergleichsliste Navratils strotzte mittlerweile nur so von „pers. bek.“

Der Gruber war allgemein bekannt gewesen, ein ganz Fleißiger offenbar. Und immer in derselben Rolle: als Beglücker der Damen in Anwesenheit eines derweil untätigen Ehemanns. „Cuckold“ nannte man das. Keiner der befragten Ehemänner aber sprach anders als nett von ihm. Und die Weiber erst! Der Blick!

Die Horvath kannten ein paar gesellschaftlich oder beruflich, ebenso den beigen Lebensgefährten. Aber nicht von einer der einschlägigen Veranstaltungen oder von einer Plattform.

Dafür hatten sie ein paar Lokalpolitiker und ein paar Journalisten kennengelernt, ebenso wie einige durchaus bekannte Unternehmer, alle entweder mit ihren durchschnittlich attraktiven Gattinnen oder mit den hoch bezahlten, aber ebenso hoch attraktiven Begleitschnecken des einzigen Wiener High-Class-Escortservice. Der Unterschied war klar auszumachen gewesen: Die Begleitschnecken waren wesentlich besser im Heucheln von Begeisterung, aber keine Einzige von denen ließ sich ihr Haar durcheinanderbringen, schließlich musste die Frisur noch zwei oder drei Nachfolgetermine halten, und sie ließen sich nicht küssen.

Nach der Radulienka hätten sie erst gar nicht gefragt, es sei klar gewesen, dass so jemand dort nicht bekannt sei.

Der Navratil hatte überdies den Institutscomputer mit einem Lauskamm, wie er sich ausdrückte, durchkämmt. Das Alibi des Lebensgefährten war lückenlos. Alle Transaktionen und der Mailverkehr in Echtzeit. 8 Uhr bis 9.20 Uhr. Keine Manipulation möglich bei der Uhrzeit, dafür aber Manipulationen in der Buchhaltung, Schwarzgeld noch und noch!

Fetzer lächelte das erste Mal an diesem Tag. Derwisch ich dich doch noch, siehst!

Und noch etwas war interessant. Einige Inserate, sehr diskret und kaum zurückverfolgbar, in denen er für die Horvath einen Cuckold gesucht hatte.

Sehr interessant!

Genauso schaust mir auch aus, dachte Fetzer.

„Lichtblau, du kannst aufhören mit der Recherche, aber du machst weiter, Navratil!

Gehst ab sofort als Cuckold und redst ein bissl mehr mit den Weibern, gell!"

Navratil schaute erst unglücklich und druckste herum. Schließlich redete die Lichtblau Klartext.

Der Kollege sollte bitte nicht bös sein, aber er hätte ja selber bemerkt, dass er wenig Chancen habe bei den Pärchen oder bei den wenigen Solofrauen. Die wollten alle jemanden Großen, Feschen, der möglichst auch noch intelligent war.

Und schon wieder a Beziehung im Arsch, des ging aber schnell!

Außerdem sollte es jemand sein, der gute analytische Fähigkeiten hat und sich alles merkt, was er sieht, jetzt vom Ermittlerstandpunkt aus betrachtet.

Fetzer merkte, dass beider Blicke auf ihm ruhten. Irgendwie erwartungsvoll.

„Na Leut, nicht im Ernst, oder?"

Doch, doch, meinte die Lichtblau. Er wäre genau richtig. Und der Navratil bedachte ihn mit einem Blick wie vor ein paar Tagen das Eins-siebzig-Männchen im „Roten Hund".

Schlagartig wurde Fetzer klar, dass beide recht hatten. Er war ideal.

Aber wo, bitte, sollte er sich die Polizeimarke hinpicken? Und da glaubst, du kennst alle Niederungen des menschlichen Geistes und der menschlichen Seele, Fetzer!

„Aber du machst mir so ein Inserat und antwortest auch statt mir, Navratil. Und dann sagst mir, wann ich wen wo treff. Nimm nur Lokale, wo mi keiner kennt, verstehst! A Foto? Bist bleed? O.k., aber nur von hinten und ohne Gsicht!"

Der Navratil beteuerte, dass er ohnehin nur so ein Foto genommen hätte, zum Beispiel das von der HSNS Meisterschaft, vom Schwimmwettbewerb.

Auf den Navratil muss man aufpassen, Fetzer, woher hat der diese Infos alle und wann hat der dafür Zeit zwischen Saufen und Hackeln und Schlafen?

Als die beiden draußen waren, schüttelte Fetzer noch minutenlang den Kopf über sich selbst und die Ermittlertätigkeit, die auf ihn zukam.

Kapitel XVIII

Lustlos zeichnete Fetzer Akten ab, schlief anschließend bei der wöchentlichen Einsatzbesprechung und dem elendslangen Sermon Oprieschnigs über die Aufgaben und die Verantwortung der Wiener Polizei gerade in Vorwahlzeiten beinahe ein und beschloss, sich frische Luft zu gönnen und Natur.

Und ging daher auf den Naschmarkt.

Seine Sinne kann man auch trainieren, wenn man unter Schlafentzug leidet. Ordnung und Unordnung zu erkennen war leicht, Erstere war schön und friedvoll, Zweitere aufwühlend und unangenehm – aber informativ.

Mit einem Blick erkannte er, dass die arabischen Süßigkeiten, die sich in letzter Zeit wie die Pocken auf allen Tresen festsetzten, ganz offensichtlich von einem einzigen Großhändler stammen mussten, ebenso wie die vorgeblichen Antipasti.

Ein weiterer Blick genügte, um Stimmung und Gewissen der Standler zu erforschen. Ein etwas zu rasches Wegschauen – eine geistige Notiz für die Beamten des Marktamtes. Ein zu freundliches Grüßen und offensichtliches Charmieren ihm gegenüber – eine weitere für die Kollegen von der Einwanderungsbehörde.

Bei der Casa Piccola blieb er stehen und genoss, wie immer, den Anblick des makellos eingeräumten Weinregals.

Beinahe unbewusst erstand er Trüffelsalami, feinst aufgeschnitten vom Chef persönlich, das Randstück wie immer verweigernd, denn dieses konnte nicht mehr geschnitten werden, sondern würde als grober Klotz auf die aufgeschnittene Köstlichkeit gelegt werden. Undenkbar.

Bel Paese hatten sie schon wieder keinen, aber dafür einen jungen Pecorino und einen sanft schimmernden und wie lackiert wirkenden Mozzarella. Ein möglichst regelmäßiges Olivenbrot und eine Flasche Verduzzo machten den Einkauf vollständig. Wie immer versuchte der Chef ihm eine Flasche Rotwein statt des Verduzzos zu schenken, und wie immer verweigerte er standhaft.

Fetzer schlenderte den Naschmarkt hinauf und schaute bewusst auf die andere Seite, als er die übliche Partie, die ab fünf beim Blassen sitzen würde, in Zweier- und Dreiergrüppchen bei den diversen Weinstuben in der Sonne sitzen sah. Keine Lust und kein Interesse an sinnentleerter Unterhaltung. Davon würde noch genug auf ihn zukommen.

Jetzt spürte er die Müdigkeit doch.

Auf dem Weg in die Gumpendorfer Straße fiel ihm rechtzeitig ein, dass er kein Katzenfutter mehr im Haus

hatte, also besorgte er auch dieses und trug seine Einkäufe in die Wohnung.
Zwanzig Minuten später schliefen ein gefütterter Kater und ein gefütterter Mensch Seite an Seite. Doch nur der Kater schlief den Schlaf des Gerechten. Fetzer aber träumte.

Eine unbekannte, aber schöne Frau zwang ihn, ihr zu Willen zu sein. Ihr Gesicht konnte er nicht sehen, aber ihren Duft riechen und ihre Arme, Brüste und Schenkel spüren. Woher weißt du, dass sie schön ist, fragte er sich im Traum. Ich weiß es einfach. Und ich spüre, dass sie mich liebt. Und er hatte Angst, sich aufzulösen und nicht mehr bei sich und in sich zu sein, sondern in ihr und bei ihr.

Da sah er das blasse Männchen, das ihnen beiden zusah, und dessen Gesichtsausdruck.

Im Aufsetzen bemerkte er, dass er schweißgebadet war. Sein Handy klingelte.

Navratil hatte ganze Arbeit geleistet und bereits zwei Dates ausgemacht. Eines um acht im „Café Foyer“ und ein zweites um zehn im „Horvathny“.

Im „Horvathny“! Der grellbunte Murano-Kronleuchter mit seinen unregelmäßigen Behängen war weder ästhetisch noch ordnungstechnisch auszuhalten, und die Schwuchteln hinter der Bar schon gar nicht.

Fetzer wusste, dass er diese Prüfung nur ausgeschlafen bewältigen würde können und legte sich wieder hin. Diesmal verbot er sich jegliche Träume und schlief, den Kater in den Armen haltend, traumlos bis sieben.

Pünktlich um acht war er im Café Foyer.

Welches von den anwesenden Paaren aber war sein Date, zum Teufel? Zu viele blasse, kleine Männchen waren da und zu wenige große, schöne Frauen.

Oh mein Gott, die zwei da. Wie mich das Weibsstück anlächelt! Manchmal ist es gut, dass man als Beamter den Diensteid auf die Republik schwören muss. „Mit aller Kraft und unter Einsatz des Lebens", oder so. Wie wahr und passend heute!

Fetzer zeigte sich von seiner besten Seite. Will heißen, er versuchte sich ernsthaft in fünf Minuten Smalltalk, bevor er seine Dienstmarke auf den Tisch knallte und die Befragung begann. Denn dies war ihm als einzige Rettungsmöglichkeit vor der tastenden Hand des Weibsstücks auf seinem Oberschenkel erschienen.

Vor Schreck plapperte das Weibsbild die nächste Stunde ohne Pause sämtliche Namen, Vorlieben und Besonderheiten ihrer üblichen Sexpartner aus. Ihr Partner beschränkte sich entweder auf zustimmendes Nicken oder auf ein besonders blödes Gschau. Der Gruber war dabei, natürlich. Und sie kannte die Horvath! Der beige Lebensgefährte war wieder mal kein

Thema, aber den konnte jedermann auch einfach vergessen haben, so wenig wie der sich vom allgemeinen Hintergrund abhob.

Vom irren Mörder hatten beide schon gehört, auch von den unverständlichen Botschaften. Die Horvath traf sich nur mit Pärchen, und ihr Mann oder ihr Freund, das wusste keiner so genau, checkte das im Vorfeld, war aber selbst nicht anwesend, sondern ließ sich später die Erlebnisse erzählen. Oder musste er sie sich erzählen lassen?

Musste ein komischer Mensch sein, die Horvath hätte sich gerühmt, ihn keusch zu halten, zwangsweise.

So was käme vor in der Szene.

Ob die Cuckolds, die sie trafen, besonders ordentlich waren oder gar zwanghaft, könne sie nicht sagen. Sie würden sich ausschließlich im Hotel Orient treffen, da könne man das nicht feststellen.

Beide waren deutlich erleichtert, als Fetzer sie unter der Auflage, den Mund zu halten über die Sache, entließ. Sie verbal, der Gatte mehr nonverbal.

Fetzer querte den Naschmarkt und ging in die Schleifmühlgasse zum „Horvathny“.

Schon von außen verursachte ihm der Anblick des unregelmäßigen Lusters Beschwerden.

Drinnen war es laut, bunt und heiß.

Er war zu früh. Kein Pärchen.

An einen Randtisch gelehnt bemühte er sich, den Luster und die Barschwuchteln aus seinem Aufmerksamkeitsradius zu entfernen und starrte auf die Tischplatte.

Als er das nächste Mal den Blick hob, stand er der Dunklen gegenüber. Diesmal war ihr Begleiter ein stattlicher Mensch mit scharfen Zügen und feinen Händen.

Bevor er noch überlegen konnte, ob gerade die beiden sein Date wären, wurde ihm bewusst, dass die Dunkle unverwandt auf seine senkrecht auf die Handwurzel zulaufenden Narben schaute.

„Ein Unfall“, hörte er sich selbst sagen.

Sie antwortete nicht, sondern sah ihn nur an und fuhr mit einem Finger eine der Narben entlang. Er konnte weder ertragen, was er in ihren Augen las, noch was das Zucken ihres Mundwinkels über ihn und über sie selbst verriet, und packte sie grob am Handgelenk.

Sie hielt sowohl dem Griff als auch dem Blick stand und Fetzer konnte sich weder in diesem Augenblick noch später erklären, warum er einfach aufstand und ihr und ihrem Begleiter aus dem Lokal und ins Hotel Orient folgte.

Kapitel XIX

Einfach sterben können. Und als letztes Bild und letztes Gefühl genau dieses haben.

Fetzer war bei sich und doch nicht bei sich. Er war zwei und eins zugleich. Sein Innerstes öffnete sich und war aufgefangen und gehalten und er hielt im selben Augenblick ihr Innerstes und umfing dieses.

Wo aber war der andere Mann? Irgendwo und nirgends. Kein Unterschied mehr zwischen innen und außen, zwischen ihm und ihr.

Es gibt Momente, da weiß man in aller Klarheit, dass man nicht hätte hingreifen sollen, und trotzdem tut man es. Bei vollem Bewusstsein rennt man in sein Verderben.

Wie in seinem Traum war es und doch ganz anders.

Wie unter Wasser an der Donau und wie ganz früher einmal und doch wie nie.

Irgendwann kam Fetzer wieder zur Besinnung. Oder war er bis jetzt ohne Besinnung gewesen und war es jetzt plötzlich?

Der Concierge klopfte an die Tür. Die drei Stunden waren vorbei.

Langsam drang die Kitschigkeit des Zimmers in das Fetzer'sche Bewusstsein, ebenso wie der reglose, aber nicht tatenlos gewesene Begleiter der Dunklen.

Hastig schlüpfte er in seine Hose und sein Hemd und verließ das Zimmer und das Hotel.

Erst in der Wohnung bemerkte er, dass sie ihm eine Visitenkarte mit einer Telefonnummer und ihren Initialen in die Tasche gesteckt hatte.

Lange saß er bewegungslos an seinem Küchentisch.

Die äußere Ordnung ersetzt die innere, Fetzer, also konzentriere dich. Aber es gelang ihm nicht.

Schließlich flüchtete er sich in eine Bestandsaufnahme der Informationen über seinen Mörder.

Du bist also vielleicht ein gehörnter, bei vollem Bewusstsein und mit voller Absicht gehörnter Ehemann. Du musst dir ansehen, wie deine Frau sich amüsiert und dich demütigt. Mit schöneren, jüngeren oder einfach anderen Männern.

Irgendwann hast du genug. Und du willst der Welt laut und deutlich sagen, was du von ihr hältst.

Der Gruber stört dich, weil er so schön ist und weil ihn die Weiber, und hier besonders deines, so lieben. Daher demütigst du ihn und nimmst ihm seine Männlichkeit, indem du ihm Strümpfe und Schuhe anziehst. Aber wie schaffst du es, dass er spritzt?

Die Horvath hasst du, aus irgendwelchen Gründen. Trotzdem kommst du ihr so nahe, dass sie ausgezogen auf ihrem Bett liegt, als du sie tötest.

Und die Radulienka hast du dir einfach gekauft, sie ist billige Ware gewesen, und du hast sie vielleicht nur wegen der Verbindung zu „nobis est, et speculum" verwendet, diese hässliche, saufende, bigotte Schlampe, diesen Spiegel der Welt.

Aber warum hast du „quasi liber et pictura" noch nicht getötet? Und wer wird das sein?

Der Gruber hat sich mit Paaren getroffen, die Horvath angeblich auch.

Fetzer stand auf und holte sich ein Glas Wasser. Das Bild aus seinem Traum kam wieder, der Gesichtsausdruck des Männchens.

Du bist der Mörder, dachte er plötzlich. Und ihr seid zwei. Ein Mann und eine Frau.

Aber was ist das für eine Frau, die bei drei Morden dabei ist? Was treibt dich? Die Gefahr?

Wenn meine Theorie stimmt, ist klar, warum der Gruber spritzt, und warum die Horvath lässig auf ihrem Bett liegt. Eine Frau ist immer unverdächtig und gibt Sicherheit. Während sie sich mit dem Opfer beschäftigt, kannst du hinter dieses treten und ihm das Genick brechen. Aber was passiert dann? Hilft sie dir etwa beim Lackieren und beim Hinterlassen der Botschaften? Oder schickst du sie weg? Und wann ordnest du die Wohnungen so, dass du zufrieden bist? Während deine Komplizin mit dem Opfer zugange ist, ganz klar. Oder erst nachher?

Fetzer war ratlos. Unmöglich, sich in die Psyche so eines Gehörnten und Gedemütigten hineinzuversetzen. Unruhig durchquerte er die Zweizimmerwohnung immer wieder. Küche, Wohnzimmer, Schlafzimmer.

Unmöglich auch, die Bilder des Nachmittags wegzusperren in die Bleikammern seines Unterbewussten.

Der „Rote Hund" hatte sicher noch offen. Reizüberflutung durch frei fluktuierende Dummheit und sinnloses Geschwätz war die einzige Chance auf Unterbrechung seiner Gedankenspiralen. Nicht einmal den Namen der Dunklen wusste er, was für ein tüchtiger Ermittler er doch war!

Er machte sich auf den Weg. Draußen hatte es leicht zu regnen begonnen.

Kapitel XX

Das Lokal war leer. Weder der Blasse noch seine favorisierte Schnecke waren da.

Fetzer bediente sich selbst und polierte anschließend gedankenverloren den Tresen und ein paar Gläser.

Als Wirt wär ich auch nicht schlecht, schlechte Laune hab ich ohnehin meistens, und warum sollten mir die Leut hier mehr auf die Nerven gehen als im Job? Brauchert i wenigstens keinen zu verhaften, sondern könnt jedem eine anreiben, der mir nicht passt. Aber dann hätt i wenig Gäst, auch wieder bleed.

Der Blasse samt seiner Schnecke kam von hinten in den Gastraum. Er etwas aufgelöst und sie, gemäß ihrer Profession, kühl und picobello hergerichtet.

Fetzer starrte den Blassen von der falschen Seite des Tresens an. „Na? Fertig mit 'm Gschäft? Das Blut wieder im Hirn oder in dem Teil von deinem Kopf, wo bei anderen das Hirn ist? Dann erzähl mir, wie viele Cuckoldpärchen du kennst und welche feinen Herren der Journaille bei dir so verkehren!"

Während der Blasse nach Worten suchte, polierte Fetzer weiter.

Diese Tätigkeit hatte den gewünschten Effekt. Der Blasse öffnete sich und plapperte ungefiltert vor sich hin, wie es den Menschen sonst nur noch an Küchentischen mit frischem Teig oder wenigstens mit Mehlresten passiert. Und wenn eine ältere, mütterliche Frau mit Schürze an diesem Tisch sitzt natürlich.

Man sollte eigentlich mit den Verhörzimmern aufhören und entweder Bartresen oder Küchentische aufstellen. Und Verhörspezialisten in Küchenschürzen dazusetzen. Weil dann reden s' alle, dann wird ihnen das Herz leicht und die Zunge lose.

Aber der Giovanni hatte außer den üblichen Gerüchten und Geschichten wenig zu erzählen.

Gelegentlich mischte sich die Schnecke ein. Fetzer ignorierte sie völlig, bis sie die Horvath erwähnte.

Ein Seitenblick verriet, dass sie höchstwahrscheinlich nicht log. Körperspannung und Symmetrie zeigten, dass das Unterbewusste nichts versteckte oder zurückhielt.

Sie sei bei der Horvath in mehreren Seminaren gewesen, auch den Gruber habe sie gekannt. Jetzt hatte sie tatsächlich Tränen in den Augen, ein Umstand, der weder Fetzer noch dem Blassen entging.

Fetzer nahm dies amüsiert, der Blasse aber irritiert zur Kenntnis.

Oft sei sie mit dem Gruber zusammengesessen …

Wonach?, dachten Fetzer und der Blasse gleichzeitig.

… und er habe ihr von seinen Erlebnissen erzählt, von

den Verrückten und den Depperten, denen er begegnete bei seinen Freizeitbeschäftigungen. So habe sie sich mit ihm gern ausgetauscht, denn auch sie träfe ja hauptsächlich Verrückte und Depperte ...

Fetzer ersparte sich einen Seitenblick zum Blassen, denn er konnte fühlen, dass dieser zusammenzuckte.

Ganz Profi stellte er ihm wortlos und ohne ihn anzusehen einen Spritzer auf den Tresen und widmete sich, während er weiter Gläser polierte, wieder der Schnecke.

... und verliebt sei er gewesen zuletzt, sehr sogar, und das hätte, zumindest laut Gruber, auf Gegenseitigkeit beruht. Wer diejenige sei, wisse sie aber nicht, da hätte er sich sehr bedeckt gehalten, weil die habe einen ganz komischen Alten. Deutlich eifersüchtig sei der gewesen, dabei habe er, wie der Gruber wusste, ohnehin eine Geliebte gehabt.

Fetzers Unbewusstes entfaltete das Bild aus seinem Traum und stellte dieses dem visuellen Gedächtnis zur Verfügung. Das Männchen mit dem leidenden Gesichtsausdruck.

Giovanni hatte in der Zwischenzeit seinen Spritzer ausgetrunken und versuchte sich wieder Gehör zu verschaffen. Nach Journalisten habe der Kommissar gefragt?

Stolz zählte er auf. Sportjournalisten, Gesellschaftsfotografen, Bezirksblattgrößen.

Alles Unterliga, was auch sonst?

Fetzer seufzte innerlich.

„Und diese prospektiven Pulitzerpreisträger treiben sich alle in deiner perversen Szene rum?“

Ganz falsche Ansprache, Fetzer. Die beiden unbekannten Wörter brachten den Blassen offenbar aus dem Konzept. Es dauerte eine Zeit, bis er nickte.

„Erstens, Giovanni: Du fragst sie alle, ob ihnen ein eifersüchtiger Ehemann aufgefallen ist. Ich komm in ein paar Tagen wieder. Und zweitens: Ich will deinen Kellner wieder hier stehen haben beim nächsten Mal, weil so, genau so gehört hier poliert und gearbeitet. Jetzt ist nämlich ausnahmsweise sauber. Habe die Ehre!“

Als Fetzer später in seinem Bett lag, kam sein Traum wieder. Das Männchen hatte trotz aller Anstrengungen, genau hinzusehen, keine erkennbaren Gesichtszüge. Die Frau jedoch hatte die Augen, das Lächeln, den Geruch und die Hände der Dunklen.

Kapitel XXI

Fetzer erwachte vom Raunzen des Katers und sprang aus dem Bett. Verschlafen hatte er in den letzten fünfzehn Jahren nicht! Heute aber schon, offenbar.

Es war bereits zehn und sein Handy zeigte mehrere Anrufe in Abwesenheit.

Zweimal der Spitz, zweimal der Navratil und einmal ein unbekannter Anrufer.

Ned a Leich in aller Früh! Bitte. Vorsorglich machte er sich einen doppelten Espresso und duschte anschließend kalt.

Dann rief er den Navratil zurück.

Der hatte offensichtlich eine Nachtschicht eingelegt, seine Listen upgedated und ein neues Softwareprogramm getestet. Begeistert ließ er sich über die Schwierigkeiten und die nachfolgenden erfreulichen Ergebnisse aus, die „PAJEK“ gebracht habe. Mathematiker der Uni Laibach hätten dies erfunden, ein Programm zur Darstellung der Beziehungen in sozialen Netzwerken. Pajek sei slowenisch für Spinne und …

„Halt die Goschen, Navratil, und beschränk dich auf die Ergebnisse!“

Deutlich gekränkt fasste Navratil zusammen: Er habe alle Namen aus der gehackten Datenbank der Swinger-Plattform als auch die Daten des Sittendezernats und die der seriösen sozialen Netzwerkplattformen wie XING und LinkedIn eingefüttert und miteinander verbunden.

Fetzer machte sich eine geistige Notiz zum Thema „Sicherheit des Polizeicomputers“, immerhin war Navratil ja nach wie vor in Kalksburg interniert und arbeitete von seinem privaten Laptop.

Schön zu sehen sei, dass es einige Personen gäbe, die in allen Netzwerken vertreten seien. Und ganz klar sei, dass diese Madame Pia und die Horvath zentrale Positionen einnähmen.

Eine kleine Wahrscheinlichkeitsrechnung, die er seinerzeit für die Vorhersage von Alienentführungen geschrieben habe, sei ihm außerdem hilfreich …

„Zum letzten Mal, du Geistesgestörter: Ergebnisse!“

Also die nächsten Opfer seien demnach mit 76 % Wahrscheinlichkeit die Madame Pia, mit 44 % Wahrscheinlichkeit ein gewisser Müller-Hartberg, ehemaliger PR-Berater der orange-blau-braunen Partie und Lokalpolitiker, und mit 23 % der Oprieschnig.

Fetzer wollte erst gar nicht nachfragen, wie er darauf gekommen war, so sehr freute ihn diese Nachricht.

„Dann rechne mal aus, was passieren müsste, dass der Oprieschnig auf den ersten Platz vorrückt! Und sag’s mir dann!“

Liber et pictura ... das passte allerdings mehr auf den PR-Fritzen. Is zwar sicher ned schad um den, aber Dienst ist Dienst, also kümmern wir uns drum.

Aber erst der Spitz.

Spitz war aufgeregt und ziemlich kleinlaut. Sicher wieder auf was draufgekommen, und wie immer zu spät, oder?

Natürlich. Der Lack hatte doch eine Besonderheit. Spitz hatte sich nicht erklären können, warum dieser so perfekt auf der Haut der Opfer und auf der Korsage der Wasserleiche hatte halten können, und eine genaue Analyse machen lassen. Also war die erste, wie immer beim Spitz, ungenau gewesen. Alles andere wäre auch höchst verwunderlich.

So einen Lack verwendeten die Modellbauer.

Fetzer entwirrte sofort einen Gedankenknoten, der sich schon länger in seinem Hirn festgesetzt hatte: Das Rätsel des Transports war keines mehr. Kleine Gebinde und kleinste Sprühflaschen. Die kann man in jeder Sakkotasche transportieren, fällt niemandem auf!

Als er: „Brav gemacht, Spitz!“ sagte, verstummte dieser am anderen Ende der Leitung. Mit so einer Reaktion war nicht zu rechnen gewesen. Das konnte nur ein böser Scherz sein! Aber Fetzer hörte einfach weiter zu und die erwartete Schimpftirade unterblieb.

Außerdem habe er das Rätsel der Genickbrüche ebenfalls geklärt. Für so einen Genickbruch brauche man

Kraft, aber nicht so viel wie man annehmen würde, und eine bestimmte Technik. Die mache es aus. Und wenn das Opfer noch dazu entspannt sei, sei es sogar noch leichter.

Fetzer legte auf und setzte sich an den Küchentisch.

Ein Modellbauer bist? Das passt. Exakt, verschroben, einsam.

Viel Zeit zum Nachdenken hast auch. Aber wie wird ein langweiliger Modellbauer zu einem Mörder? Im Affekt sicher nicht. Affekte hast du keine, ich wette. Aber du bist ein Planer, ein Tüftler und ein Genauer. Deine Wut ist kalt geworden oder nie heiß gewesen, vielleicht hat's lang in dir gebrodelt und jetzt war's dann so weit.

Du bist gefährlich, weil du keine Leidenschaft hast, weder in deiner Wut noch in deiner Freude und in deinem Glück, wennst denn überhaupt so was hast. Du hast nur Leiden. Und die bleiben in dir drin. Deine Impulskontrolle muss perfekt gewesen sein, zumindest bis zum ersten Mord.

Und du bist ein eifersüchtiger Ehemann, dessen unterversorgte Alte sich vor deinen Augen mit dem Gruber vergnügt, und mit der Horvath. Ich seh dich vor mir, wahrscheinlich bist eins siebzig und hast eine Hühnerbrust. Aber feine, lange Hände. Endlich hab ich ein Bild von dir.

Vielleicht ein falsches, aber ein Bild. Denn auch ein falsches Bild ergibt, wenn man die Unterschiede zu den anderen Bildern daran festmachen kann, am Ende ein richtiges Bild.

Der Anruf des unbekannten Teilnehmers fiel ihm ein. Idiot. Keine Nachricht und keine Nummer hinterlassen.

In Gedanken zog er sich an, ordnete vor dem Weggehen die Sessel exakt parallel zum Tisch, entleerte seine Hosentaschen und die Innentasche des Sakkos, verbrachte alles zutage Geförderte entweder an seinen Platz oder in den Mistkübel und verließ die Wohnung in Richtung Sicherheitsdirektion. Die reinweiße Visitenkarte mit Initialen und einer Telefonnummer hatte nach sekundenlangem Zögern ebenfalls einen Platz gefunden. Im Altpapier.

Kapitel XXII

Das Vorzimmer seines Büros durchquerend beorderte er die Lichtblau mit einer Handbewegung zu sich und gab ihr, kaum dass sie sich hingesetzt hatte, eine Zusammenfassung der neuen Erkenntnisse.

„Den Müller-Hartberg, diesen Möchtegernadeligen, dessen Eltern höchstwahrscheinlich auch den Bahnhofsadel verpasst haben, den lasst bringen, aber von den beiden Tschuschen, hörst! Und gleich aus seinem Büro, wo immer er das auch hat.

Außerdem will ich eine Aufstellung aller Modellbaugeschäfte samt Kundenliste, wenn die dort so was haben. Such mir die mit den komplizierten Modellen aus, also Schiffe, Hubschrauber und Flugzeuge, den Kinderkram kannst weglassen.

Und den Navratil rufst noch mal an, ich will wissen, warum und wie der Oprieschnig in seiner Wahrscheinlichkeitsrechnung aufgetaucht ist!

Is noch was?“

Ja, es war noch was. Der kleine Johnny habe angerufen und wollte den Kommissar sprechen, sie habe ihm seine Nummer gegeben.

Natürlich! Der unbekannte Anrufer! Typisch Johnny. Fetzer schüttelte den Kopf. Es sagt eben doch was aus, wenn man nach zwölf Jahren Sonderschule und gleich nachfolgender Jugendhaft ein Espresso in Ottakring betreibt. Machen die dort nicht „lebenspraktischen Unterricht"? Na, beim Johnny hat's jedenfalls nix gnutzt. Das Telefonieren erlernt der nimmer. Aber wenigstens merkt er sich, wen er anrufen muss, wenn er an Zund hat. Ob seine Mama noch immer kocht dort? Na, wir werden's herausfinden.

Fetzer verließ das Büro in Richtung Thaliastraße, nicht ohne der Lichtblau einzuschärfen, ihn umgehend anzurufen, wenn die Tschuschen den Müller-Irgendwie gebracht hätten.

Ein Ausflug nach Ottakring kann dir den Tag verderben, Fetzer. Dort rennen die Serben und die Mazedonier herum, als wären s' hier daheim. Jedes Gschäft und jedes Tschecherl fest in Jugo-Hand. Noch ein paar von den bärtigen Mullahtypen mit ihren Kapperln und ihren verschleierten Türkenweibern dazu und fertig is der Balkan.

Früher war das anders. Da war Ottakring ein Arbeiterbezirk, dessen regionaler Dialekt leicht von dem der Meidlinger Bevölkerung zu unterscheiden war. Aber den spricht dort heut eh niemand mehr. Außerdem waren dort die Huren und die kleineren Kapos aus dem Milieu daheim gewesen. Aber die hiesigen.

Fetzer grinste, als er sich an die Geschichte mit dem kleinen Johnny erinnerte. Jung war er gewesen, im ersten oder zweiten Dienstjahr bei der Polizei. Das „Marija", Johnnys Espresso, war damals seine Fixstation auf dem Heimweg in die triste Studentenbude, die er sich mit zwei anderen aus der Schwimmmannschaft teilte.

Der kleine Johnny war damals ebenso groß gewesen wie heute, ein Zweimetermannsbild mit dem Gesicht eines Kindes und ebendiesem Intellekt und Gemüt. Seine Mama ging damals noch in die Hackn, eine fesche, rassige Frau war die!

Jedenfalls war er eines Abends wieder dort, als zwei Zuhälter zu streiten begannen, ein Umstand, den sämtliche Gäste höflich ignorierten.

Schließlich zog der eine eine Pistole und schoss dem anderen wortlos ins Knie, was dieser stoisch mit der Bemerkung: „Und, Heinzi, war des jetzt wirklich notwendig?" quittierte.

Heinzi verließ daraufhin überstürzt das Lokal, der sowohl an der Ehre als auch am Knie verletzte Kompagnon war schon deutlich weniger stoisch, und die Gäste des Lokals ignorierten die gesamte Szene weiterhin geflissentlich.

Er selbst war damals perplex gewesen, weil er das Ansteigen des Aggressionspegels mit Hilfe seiner zweiten Aufmerksamkeit nicht bemerkt hatte, und so war er einfach nur dagesessen und hatte gar nichts getan.

Die Jahre lehrten ihn später, den Unterschied in den Aggressionspegeln wahrzunehmen. Wenn er sich selbst als Maßstab nahm und keinen Unterschied in der Energie des anderen feststellen konnte, dann hieß dies: hohe Aggression. Ein Mehr an Energie hatten nur die Psychotischen und deutlich weniger bis gar keine die Depressiven.

Die Johnny-Mama war jedenfalls später zu ihm aufs Präsidium gekommen und hatte sich tausendmal bedankt für sein Nichteingreifen und hatte diese Dankbarkeit auch ihrem unterbelichteten Sohn eingebläut.

Seither versorgte ihn der Johnny regelmäßig mit einem Zund, wenn er einen hatte, und die Mama, zu alt für die Hackn, stand in der Küche, tat damit erstmals etwas mit Liebe statt mit gelangweilter Professionalität und versorgte ihn mit Essenspaketen zu allen serbischen Feiertagen. Besonders aber am höchsten Feiertag der serbischen Zigeuner, dem „Djurdjevdan", wahrscheinlich war er in ihren Augen so was wie der heilige Georg in seinem Kampf gegen einen Drachen.

Der kleine Johnny war da. Und die Mama auch, denn aus der Küche roch es köstlich nach Fleisch, Gemüse und Olivenöl.

Wie immer umarmte der kleine Johnny Fetzer und küsste ihn links, rechts und wieder links. Und wie immer stürzte die Mama aus der Küche, wischte sich die Hände an der Schürze ab und tat es ihrem Sohn gleich, beide unter Anrufung sämtlicher Roma-Heiliger. Die Gäste aber, wie konnte es auch anders sein, taten so, als hätten sie weder Augen noch Ohren und widmeten sich intensiv ihren Getränken oder wenigstens dem Anblick ihrer Fingernägel.

Aber nicht der Johnny hatte was zu erzählen, sondern die Mama.

Sie zog den Kommissar hinter sich her in die Küche, gab ihm eine ordentliche Portion Fleisch und Gemüse, bedeutete ihm, er solle ja alles aufessen, und erzählte.

„Du Kommissar, Kollega von mir hat Hackn gmacht für seltsame Mann, hat sie mit verbundene Augen und gefesselte Hände gebracht zu andere Mann, hat geschimpft zuerst Hur und Schlampen, waaßt eh, wie sind die Männer, was sind klein und schiach und sind unter Fuchtel von Frau daham, hat sie dann gefickt vor andere Mann und wie fertig gewesen mit Ficken hat sie weggeschickt und ist geblieben noch dort. Ist geil auf Lack, seltsame Mann."

„Hearst Maria, auf Lack stehn viele, was is daran seltsam, und die Augenverbinderei is auch ned wahnsinnig neu, oder?"

„Verstehst nicht, Kommissar, Lack wie bei Lackieren Auto, muss geil sein auf Geruch. Ich noch nie gehört von so was. Radulienka hat erzählt, aber ich sie nicht gesehen seit vierzehn Tag. Ich wissen, du suchst Mörder, komischen, deshalb ich dir sagen."

Fetzer legte die Gabel aus der Hand, schob den Teller von sich und starrte Maria an.

„Welche Radulienka und woher weißt, dass ich einen seltsamen Mörder such?"

„Na weißt eh, Frauen red ma miteinand. Ist sie tschechische Mädel, ned scheen, aber gute Kunden, weil macht ohne Gummi."

Fetzer erhob sich und küsste Maria links und rechts.

„Danke, Mädel, und sag bloß, du gehst wieder am Strich! Was fallt dir ein?"

Na, der Kommissar wisse eh, wie es sei, das Café liefe schlecht.

Und der Johnny habe jetzt eine Frau kennengelernt, die Geld von ihm nehme, anstatt ihm welches zu bringen. Was bliebe ihr da übrig? Eine Russin sei sie, so eine gachblonde Ausghungerte mit Silikontitten, bezahlt vom Johnny natürlich. Auf der Uni sei sie gewesen in Russland, angeblich!

Aber er hörte schon nicht mehr zu, stand auf und verließ das Lokal.

Auf dem Weg zurück in die Sicherheitsdirektion rief er zuerst die Lichtblau an, aber der Müller-Dingsda war noch nicht da. Dann wählte er die Nummer seines Kollegen vom Ausländerdezernat und forderte einen Gefallen ein, die gachblonde Russin betreffend.

Kapitel XXIII

Der Rückweg zum Schottenring erschien ihm wie ein Auszug aus einem besetzten Gebiet. Die serbischen und sonstigen Sprachfetzen verschwanden, ebenso die verschleierten Türkinnen.

Im Büro war die Lichtblau in heller Aufregung.

Der Müller-Dingsda war unauffindbar, in seinem Büro wusste niemand, wo er war, seit Tagen war er abgängig.

Fetzer ordnete eine Fahndung an – und erfüllte sich damit einen seiner geheimen Wünsche. Eine Fahndung nach einem Politiker. In Österreich. Was für ein Genuss!

Zwanzig Minuten später war der Traum vorbei. Der Diensthabende aus dem Bereitschaftsraum meldete:

„Den ham eh wir. Im Landl zwei sitzt er in U-Haft."

Na bitte. Wahrscheinlich wegen Betrugsverdachts oder Anstiftung zur Körperverletzung oder sonst was. Weil Korruption wird in Österreich ned angeklagt, den Sachverhalt gibt's quasi gar nicht. Das fallt bei uns unter Gewohnheitsrecht.

Also auf ins Landl. Wie ich mich auf den Müller freu!

Fetzer fuhr in die Landesgerichtsstraße und organisierte sich den Besuchsschein.

Müller-Hartberg wurde vorgeführt und entsprach exakt seinen Vorstellungen: jung, arrogant, von mäßigem Verstand. Und eine Präpotenz legte der an den Tag!

Ob er von seinem lieben Freund Oprieschnig geschickt worden sei? Den werde er ja wohl kennen, wenn er selbst eher in einer untergeordneten Position tätig sei für das Wohl Österreichs, oder? Es könne doch wohl nur um seine Enthaftung gehen, wenn er recht informiert sei? Denn mit dem Schmiergeldskandal habe er nachweislich nichts zu tun, er führe nur Aufträge seines Chefs aus, sein lieber Freund Oprieschnig habe ihm versichert …

„Erstens, du bleibst, wosd' bist. Is besser für dich, auch wenn's mir in dem Fall ehrlich leidtut.

Zweitens. Jeder von euch stiehlt und betrügt, wir erwischen euch nur leider selten, weil ihr eben so liebe Freunde habt. Also genießen wir deine Gegenwart hier ungemein.

Drittens. Ich sag Grete Gundlach, oder vielleicht kennst sie eher unter Madame Pia, Gruber und Horvath. Zwaa davon hinig. Und du bist vielleicht der Nächste. Was sagst du?"

Müller-Hartberg stellte sich erst blöd, was ihm sichtlich nicht schwerfiel. Die Tatortfotos bewegten ihn allerdings schneller zu einem Meinungsumschwung als sonst eine Order aus seiner Parteizentrale.

Er wolle rückhaltlos kooperieren, und er schätze die Arbeit der Polizeibeamten ohnehin besonders, gerade er sei es gewesen, der den Vorschlag eingebracht habe, der Polizei mehr …

„Falsches Adjektiv, Müller! Rückgratlos hast gmeint wahrscheinlich. Und jetzt zur Sache: Wen kennst und woher?“

Müller-Hartberg wollte sich pikiert geben, unterließ dies jedoch nach einem prüfenden Blick auf den Kommissar und begann zu erzählen.

Die Horvath sei Beraterin gewesen der Partei, daher kenne er sie natürlich. Den Gruber kenne er von einer Veranstaltung, von so einer gewissen, der Kommissar wisse schon. Eine Pia kenne er nicht, da sei er sich sicher, aber einen Gundlach, der sei ein Parteifreund und als Wirtschaftstreuhänder Funktionär in der Wirtschaftskammer. Und dessen Frau natürlich und die heiße Grete.

Eine Frage hätte er noch: Wie der Herr Kommissar gerade auf ihn gekommen wäre, weil die genannten Personen hätten viele gesellschaftliche Kontakte gehabt, und sicher engere als zu ihm.

„Weil wir uns unter anderem intensiv mit möglichen Alienentführungen beschäftigen.“

Fetzer stand auf und ließ ihn wieder zu seinesgleichen bringen. Nicht ohne Grüße an den lieben Oprieschnig mitzunehmen.

Fetzer, du hast es gwusst. A Politiker, a Wirtschaftstreuhänder, a Beraterin und a Madame. Lauter Huren unter sich.

A käufliche Partie, allesamt. Außen hui und innen pfui.

Na wenigstens ist jetzt klar, warum mein Mörder „liber et pictura“ nicht erledigt hat. Weil der feine Herr sitzt, und damit war ja nicht zu rechnen.

Und noch was ist klar. Warum die Radulienka, die arme Sau, dran glauben musste. Sie war diejenige, die mit verbundenen Augen zu den Opfern geführt wurde. Und es muss ihr was aufgefallen sein, weil sonst hätte sie der Maria nichts erzählt. Du hast den Mörder also gekannt. Aber du wirst mir nix mehr erzählen können …

Der Kreis wird enger, aber ich weiß noch immer nicht, wer du bist.

Zeit wird's, mit dem Oprieschnig zu reden. Der Navratil ist ein Genie, eigentlich! Schad, dass er sauft. Aber der muss saufen, weil der ist gscheit genug, um am Leben zu verzweifeln. Wär besser, er hauert gelegentlich irgendwen in die Goschen und lassert den Alkohol. Aber was willst machen. Nix. Is auch ned mei Kaffee.

Die Lichtblau rief an. Sie hatte eine Liste von allen Modellbaugeschäften gemacht und bereits mit mehreren der Besitzer telefoniert. Kundenlisten hatten die zwar keine, aber ihre Stammkunden im Kopf. Morgen würden die Erhebungsbeamten überall vorbeigehen und die Namen erfassen.

Fetzer beschloss, sich den Oprieschnig heute nicht mehr anzutun, und ging stattdessen zum Ring. In der Straßenbahn zur Oper ärgerte er sich zum tausendsten Mal, dass die Zweierlinie eingestellt worden war, diese langsame und damit die Gedanken unterstützende Verbindung zwischen Landesgericht und Karlsplatz, und damit der ideale Weg zum Naschmarkt.

Wer sich einen Oprieschnig nicht antun kann an einem Tag, der hält auch die Klientel beim Blassen nicht aus und schon gar nicht die beim „Jägersmann".

Ratlos schlenderte Fetzer über den Naschmarkt, bis er beim „Neni" ankam. Diese für das Auge und für einen geordneten Geist so tröstliche Anordnung von weißen Tischen und weißen Stühlen! Diese exakte Ausrichtung des Besteckbehälters mitten auf dem Tisch. Die weißen Besteckgriffe in ebendiesem! Er setzte sich aufseufzend an einen der freien Tische.

Bis seine Bestellung kam, weidete er sich an dem stillen Weiß. Aber die Reizlosigkeit der Umgebung brachte sein labyrinthartiges Gedächtnis zum Arbeiten. Irgendwas hatte der Müller-Dingsda gesagt, das sich an ein anderes, bereits vorhandenes Gedankenkörnchen anzuschließen versuchte. Weil es aber kein Unterschied war, sondern eine Gemeinsamkeit, gelang die Verschmelzung nicht. Fetzer kombinierte und ordnete, aber er hatte keinen Erfolg.

Das Essen, die Bedienung und sein Spritzer entfielen seinem Gedächtnis sofort.

Noch immer in Gedanken, ging er in die Gumpendorfer Straße, fütterte den Kater und verbrachte eine unruhige Nacht.

Exakt um 4.16 Uhr wachte er auf, weil der Kater auf seiner Brust lag und ihn unverwandt anstarrte.

Er wusste genau, dass er geträumt hatte, weigerte sich aber, sich an den Inhalt zu erinnern.

Bis sieben ordnete er erst die Gläser, dann die Tassen und schließlich das Besteck.

Manchmal lässt sich die innere Ordnung durch eine äußere herstellen, Fetzer, aber keine Ordnung kann die Leere füllen, die im Inneren ist.

Dann ging er ins Büro.

Kapitel XXIV

Fetzer überraschte die Lichtblau beim Morgenkaffee und der Lektüre der Zeitung, wenn man das Erlesen und sinnmäßige Erfassen der Texte dieses Revolverblattes denn so nennen konnte.

„Alle zu mir, Besprechung!“, bellte er und verschwand in seinem Büro.

Zehn Minuten später erstatteten Fetzer, Lichtblau und Spitz einander detailliert Bericht und verglichen sowohl die Ergebnisse als auch alle Gedanken und Vermutungen dazu nochmals miteinander. Navratil hatte sich entschuldigen lassen, sein Ausgang sei gestrichen, wegen einiger Vorkommnisse in den letzten Tagen, aber er werde eine Zusammenfassung nachliefern, sobald er wieder klar im Kopf sei, die Pfleger überwachten nunmehr penibel die Medikamenteneinnahme.

Fetzer knurrte nur.

Als Fetzer die Aussage Müller-Hartbergs, dieser Zierde des österreichischen Politikerstandes, verlas, stand die Lichtblau unvermittelt auf und verließ den Raum.

Mit der Zeitung in der Hand kam sie wieder, legte diese aufgeschlagen vor den Kommissar hin und deutete wortlos auf ein Foto im Gesellschaftsteil, das die Eröffnung eines Modellbaugeschäfts durch Müller-Hartberg zeigte.

Minutenlang starrte Fetzer das darauf abgebildete Paar und dessen Begleiter an. Dann verbanden sich die beiden Gedankensplitter. Ehemann. Er stand auf, nahm sein Sakko und bedeutete der Lichtblau, ihn zu begleiten. Zwei erhobene Finger, gefolgt von einem An-die-Stirn-Tippen, gaben ihr zu verstehen, dass zwei Amöben antreten sollten.

Wenig später hielt der Einsatzwagen in der Wiedner Hauptstraße vor einem Geschäft.

Fetzer ließ alle im Wagen sitzen und trat durch die Tür.

Gundlach war leicht zu erkennen. Hager, klein, mit traurigen Augen und langen, schlanken Fingern stand er an einem Regal und ordnete Preisschilder.

Wenn man was nicht genau weiß, dann fragt man einfach, Fetzer, oder? Schau ma amal, was passiert. Wer Zeichen hinterlässt, will gefunden werden.

Fetzer sah Gundlach an und legte ihm fast zart die Hand auf die Schulter.

„Die Geschöpfe dieser Erde
sind ein Buch und ein Gemälde
und ein Spiegel unsres Seins.

Aber es geht ja weiter, Gundlach:

Unserm Leben, unserm Sterben,
unsrer Lage, unserm Lose
können sie ein Zeichen sein.

Du hättst genauer lesen sollen. Aber ich auch, gell."
Und dann gingen sie zum Wagen.

Später, im Verhörzimmer, entfaltete sich Gundlachs Geschichte, untermalt vom Geräusch der Computer-Tastatur.

Ein Mann und eine Frau. Sie groß und strahlend, er klein und still. Aber fleißig und ehrgeizig. So stolz war er auf sie! So dankbar war sie ihm. Anfangs. Aber sie hatte ihre Vorlieben und ihr Gewerbe nie aufgegeben. Zuerst war es ein Spiel. Sie von fremden, jungen und gut aussehenden Männern durchvögeln zu lassen. Faszinierend, wie diese ihr verfielen! Aber nur ihn liebte sie, nur ihn. Bis der Gruber kam.

Nichts geahnt habe der Gruber, bis zuletzt. Wie leicht es gewesen war, ihm das Genick zu brechen! Als die Radulienka fort war, nichts habe sie mitbekommen, angeduselt, wie sie war, und mit ihren verbundenen Augen, habe er noch ein bisschen aufgeräumt, wegen der Fingerabdrücke, und alles so hingestellt, wie es sich eben gehöre.

Ja, natürlich, die Horvath. Eine bösartige Kreatur sei sie gewesen, jedem habe sie erzählt, was für ein Hahnrei er sei und dass dies eine Konsequenz aus seiner Kindheit sei. Wahrscheinlich sei er deshalb impotent, auch wenn er es nicht zugäbe, habe sie herumgetratscht.

Der beige Lebensgefährte sei so daneben, dass er sowieso nie mitbekommen habe, was die feine Horvath getrieben habe, während er am Computer im Institut arbeitete. Außerdem habe die ihn gehalten wie einen Hund, und er habe sich peinlichst genau an ihre Anweisungen gehalten.

Das Sperma vom Gruber sollte dem Hündchen zeigen, dass seine Frau eine Nutte war, die es trieb, mit wem sie wollte und wann sie es wollte.

Diesmal habe die Radulienka aber Verdacht geschöpft, und daher musste er sie leider vor dem Müller-Hartberg erledigen, weil der Idiot sich hatte verhaften lassen in der Zwischenzeit.

Gegen den Ferdi habe er übrigens keinen besonderen Groll, der sei nur ein Kunde seiner Grete gewesen. Aber so passend, und um so einen wie ihn sei es prinzipiell nicht schad.

Der Lack? Aus dem eigenen Geschäft. Modellbau Gundlach, der Kommissar habe ja gesehen, wie fein sortiert er sei, ein Spezialist für hochkomplexe Modelle.

„Warum gerade dieses Gedicht, Gundlach?"

„Ach Kommissar, das hab ich bei den Schulbrüdern

damals auswendig lernen müssen, zur Strafe. So was vergisst man nicht, so was kommt einem immer wieder ins Gedächtnis bei passender Gelegenheit."

Fetzer ließ ihn unterschreiben und wegbringen.

Im Büro schloss er den Akt, zeichnete ihn ab und hing seinen Gedanken nach.

Würdest du töten, Fetzer, in dieser Situation? Nein, denn du liebst nicht. Und du hasst nicht. Du bist leer. Ist der Gundlach weniger leer? Wahrscheinlich. Aber im Arsch.

Er knallte der Lichtblau den Akt auf den Tisch und ging auf den Naschmarkt. Für den „Roten Hund" war es noch zu früh, also machte er seine Inspektionsrunde durch die anderen Lokale. „Alte Münze". Nichts los noch, sogar der Wirt war noch nüchtern. Die diversen Gassenlokale. Laut und turbulent wie immer. Im „Jägersmann" aber stand der Müller-Hartberg an der Theke und hob dem Kommissar grüßend sein Glas entgegen. Natürlich. Alles andere hätt mi a gwundert.

Als er am „Café Foyer" vorbeikam, nahm er aus dem Augenwinkel und an einer unbestimmten Stelle im Körper wahr, dass die Gläser und die Flaschen anders geordnet waren als sonst. Abrupt blieb er stehen. Nur einen kannte er, der solche Ordnung hielt. Er überprüfte seinen Verdacht, ging rasch in Richtung „Roter Hund“ und telefonierte mit der Lichtblau.

Der Blasse hatte soeben geöffnet und schob nachlässig die Flaschen zur Seite, die auf der Theke standen. Fetzer stellte sich an den Tresen und ließ sich die neuesten Geschichten und Gerüchte erzählen.

Eine halbe Stunde später erschienen die zwei bestellten Amöben in Gestalt des Özdemir und des Stankic, beide ordentlich bedient und ziemlich derangiert. In der Mitte zwischen den beiden der Kellner des Blassen, ganz im Gegensatz zu den beiden Beamten in perfektem Zustand. Bis auf die Handschellen vielleicht und ein paar Abschürfungen an den Fingerknöcheln.

Fetzer wies wortlos hinter die Theke, ließ ihm die Handschellen abnehmen und schickte die Kollegen zurück ins Präsidium, nicht ohne ihnen einen Vortrag über die Wichtigkeit des äußeren Auftretens eines echten Wiener Polizisten gehalten zu haben.

Der Kellner hatte in der Zwischenzeit wortlos begonnen, Gläser zu polieren und Flaschen zu ordnen.

Fetzer, der einen Spritzer bestellen wollte und umgehend mit einem geknurrten „Jetzt nicht!“ beschieden wurde, lächelte. Die Ordnung der Dinge war, jedenfalls fürs Erste, wiederhergestellt.

Alanus ab Insulis (Alain de Lille):
Omnis Mundi Creatura (Name der Rose)

Omnis mundi creatura

Omnis mundi creatura
quasi liber et pictura
nobis est, et speculum.
Nostrae vitae, nostrae mortis,
nostri status, nostrae sortis
fidele signaculum.

Sequenz der Rose

Die Geschöpfe dieser Erde
sind ein Buch und ein Gemälde
und ein Spiegel unsres Seins.
Unserm Leben, unserm Sterben,
unsrer Lage, unserm Lose
können sie ein Zeichen sein.